我心里知道，现在回家不用再坐船了，车可以直接开到家门口。可我还是在码头下了车，我原本就是一条船，唯有沿着河流的路走才能渡到彼岸。若选择别的方式，我会把自己走丢。每个人都只有一条道路是通往他的家乡和心里的，也只有这条路，才能安顿好他的灵魂。

可令我伤心的是，我曾坐过的那些木船，已经成了岁月的遗物，一条都找不见了，停泊在码头的都是些铁船。船夫全是些嘴巴漏风或胡须花白的老叟，他们坐在船头抽烟或打瞌睡，仿佛他们活着的日子，早就被平静而幽深的河水给淹死了。

我带着失魂落魄的神情来到一条铁船上——我要雇一条船回家。船夫是个瘦小的、手臂干枯的老人。他见我上了船，也不说一句话，沉默如河岸边的树枝上挂着的鸟巢。我正要告诉他我的去处，他却抢先挥手示意我坐好，且快速发动柴油机马达，船便箭一般射了出去。我不知道他要把我送去哪里——他好像一直都在码头等我，等了若干年才等到我的到来。船越跑越快，河水的波浪宛如我的思绪，一波一波地拍打着岸边。我回头看了一下老人，他的脸上露出青色的灰柿子般的表情。我提醒他船跑错了方向，我的家根本不在前方。可柴油机马达的声响太大了，老人听不见我在说话。他载着我在河面上兜圈子，诚心戏弄我似的。我生气了，站起身，强行让他将马达的火熄了。老人仍是呆呆地看着我，不说一句话。他关掉了柴油机马达，坐在船头上，掏出叶子烟点燃，默默地流起泪来。

这是一个古怪又神秘的老人——我怀疑他就是河神的化身。我不敢触怒他，也不敢让他继续开船。我们就那样静静地坐在船舱里，好似两个刚从远古的梦里漂流到人世来的人。

水面上起雾了，乳白色的雾气模糊了两岸的青山。船在慢慢地飘动，身后青山的影子也在慢慢地飘动，有一种恬静的柔美，扑鼻而来的是阵阵的水腥味儿。刹那间，我的记忆复活了——我看到自己坐在多年前的木船上，跟着几个光屁股的孩童在河里扎猛子逮野鸭。要是有月光的夜晚，我们还会划着船撒网捕鱼；或躺在船舱内，听涨水季节从山上汇流入河的潺潺的天水声。想起这一切，我有一种安宁之感。

船还在河面上漫无目的地飘荡着，我的回忆也在飘荡着。大概一个时辰过后，我从回忆里爬了出来，浓雾也散开了，我忽然发现我的家就在河对岸的山腰上——这么多年来，它经受太阳的暴晒，风雨的吹打，时间的雕刻，我居然还能一眼认出它来，我感到无比的欣慰。

我请求老人重新启动铁船的马达，将我送上岸，可那该死的马达却无论如何都打不燃火。我急了，老人也急了，只有河流沉默着——我理解河流的沉默，毕竟，它经历的事情实在是太多太多了——它见惯了潮涨潮落，也见惯了冷月秋风，若跟这些比起来，我个人的焦急又算得了什么呢？我一直相信，是这条河流代替我这个游子看到了许多我不曾看到的东西——木船是怎样被铁船取代的，船夫是怎样一天一天老去的；野鸭和白鹤是怎样从河湾里消失的，水底的鱼虾是怎样不知不觉死去的……

无奈之下，我只好拿起老人放在船舱里的一根竹竿，慢慢地、用力地将船朝岸边划。我的家就在河对岸的山腰上——透过繁密高耸的翠竹，我依稀看到了她那沧桑的面孔。她在向我微笑，在向我招手；而我离她是那样的近，又是那样的远。

弃船登岸，一颗泪珠倏忽从我的眼眶滑落，像一滴露水，坠落在深秋。

山　路

路很瘦，似一根骨头，遗落在山间。

大概许久都没人走了，石板上长满青苔。路的两边，茅草及膝。草尖上挂满了一颗颗圆润、透明的露珠。我怕露珠打湿鞋子，顺手在地上捡了一根干树枝，一边扫去草叶上的水珠，一边小心翼翼地向前走着。

脚步太重，不但会踩疼路，还会踩疼我自己。

这条山路，是我童年时就走惯了的。故我熟悉它的每一个弯道，熟悉路两侧的树木和藤蔓，熟悉野花的香气和果实的颜色，熟悉蜜蜂的嬉戏和蝴蝶的舞蹈……那时候，我是多么的小啊，小得像路面上的那些黑色的斑点。

记忆最深的，是冬日的早晨打着手电筒去小镇上学。黎明时分，寒气吹在脸孔上的感觉，仿佛被窝里钻进了一条蛇。四野一片漆黑，我们从山路上走过，也从恐惧里走过。一起去学校的，共有五个孩子，三男两女。女孩子大都胆小，总是走在我们中间。手电筒暗黄的光圈将我们的影子拖得很长，让我们提前看到了长大后的自己和生活馈赠给我们的阴影部分。一路上，我们东拉西扯，说些不着边际的话，替自己壮胆。其中一个男生，每次都很绅士，帮女生背书包。两个女生也很乐意让他效劳，只要一碰面，便将肩头的书包扔给他，这可是发生在这条山路上最温暖、最浪漫的事情了，我们都在这温暖和浪漫的包裹中成长。后来，我们中学毕业了，有一个女生去了另一个地方念书，那个曾给她背过书包的男生眼睛都哭肿了，泪水比冬天的寒露还要凉。我们见他哭，也跟着伤心。只有山路沉默不语，泥泞的路面照旧坑坑洼洼；路的两旁依然百草丰茂，虫嘶鸟鸣。

那个时候，我最大的梦想，就是从这条山路走出去，再也不要回来。我怕将来会像村邻们那样，把自己一辈子都拴在这条路上。从小到大，我见到很多在这条路上往返的人，他们走着走着，就从一个青年变成了中年；又走着走着，就从一个中年变成了老年；再走着走着，就永久地消失了——只剩下风，在追赶着消失之人的魂魄。

我每次从这条山路上走过，心里都有一种说不出的难受。

这难受，还跟我的父亲有关。我的父亲是个乡村医生。在我十多岁的时候，就看见他肩上挎个红十字药箱，在这条山路上走着，到邻近各村去给患者治病。父亲身材矮小，走起路来似在飘动。有时他出诊天黑未归，我就会独自跑到路上来接他。尤其是夏夜，头顶满是星光或月光，萤火虫落在路边的草叶上，发出银白色的光芒，使人生出些许幻觉。偶尔，一阵夜风吹过，送来不远处的稻谷的清香，如鼓的蛙鸣似在为父亲的归来奏乐——他这个游走在乡间的“救命者”，经受得起这样的礼遇。

我不知道父亲什么时候能回来，就那样在山路上徘徊，或坐或卧。有时直到我靠在某块石头上睡醒一觉，才听到父亲归来的脚步声。他见到我，一句话不说，只摸摸我的头，便牵着我的手回家。那些个夜晚，我体会到一种等待的温情，一种叫作爱的幸福——一个人选择什么样的路，就得走什么样的路——

只有走到底，才算没有辜负自己。

我终于沿着山路回到了家。我庆幸自己没有迷路，尽管我手上拿着的那根干树枝在拍打露水的过程中断成了两截——树枝折断时的脆响，很像是我的记忆骨折时发出的声音。

到家后，我才了解到，自从乡村公路修通后，村子里的人都不再走山路。他们倒不是怕自己的鞋子再沾满泥巴，而是怕从山路上摔下去——已经有不少人从山路上滚下去做了亡魂了。

只有我的父亲还在这条山路上走着，因为他的那些病人住得实在是太偏僻了，走公路根本去不了他们那破落的家。我认得出我父亲的脚印，也嗅得出他走过后留下的气味。

这条山路，现在成为我父亲一个人的路了。

晨　雾

深秋的早晨经常下雾。要是起床早，随意地在晨雾中一走，周身都像被泼了牛奶，黏黏的，一片潮湿。母亲吩咐我去菜地掐点豌豆尖来煮面条。我披上一件父亲穿过的旧棉袄，朝菜地走去。菜地是母亲耕种的，里面除了豌豆尖，还有莲白、莴苣和辣椒。它们都长势很好，没有被虫吃。

我低下头，撕破雾的帘子，看见蔬菜叶子上挂满了小水珠。用手轻轻触碰，一股凉便通过我的手臂传遍了全身。那些菜，既翠绿，又鲜嫩，仿佛刚刚吮吸完奶水的婴儿的脸庞。我真舍不得掐它们，但考虑到母亲辛辛苦苦为我做早饭，我不能扫她树上的柿子摘了。我不能误了正事，遂返身往回走。

那棵老柿子树，是我爷爷生前栽种的——他都过世二十几年了。南方柿树少，我们村只我家有一棵，每年都挂满了红通通的果子。以前摘柿子，我都是爬树。现在爬不上树了，只好借助梯子。但令我没想到的是，满树的柿子，十有八九都被鸟啄了。这些鸟，跟某些人一样，嘴尖得很，一啄一个洞。我骑在柿树上，竟无端地想起了那些在尘世间走着的伤痕累累、千疮百孔的人。

最终，我还是把那些被鸟啄过的柿子全部摘了下来，整整几大筐。看着那些小灯笼似的烂果子，我的心情郁闷了一个下午。晚上父亲回来，问我怎么啦，我说出了我的悲伤。父亲望望我，笑着说："你啊，真是个没有经历霜降的孩子。"

冬 夜

夜了，不是很冷。这是初冬的夜。吃罢晚饭，我想出去走一走。我喜欢这夜里的安静，以及安静中的那份孤独。一个人走在村子里，就像月亮悬挂在夜空中。路是曾经走过的老路，月光照在石板路上，呈银白色。低头看，让人怀疑那是傍晚时分农妇漏撒的面粉。

我脚步迟缓地走着，像在寻找着什么，追忆着什么。白日里的那些事物，全都被黑夜遮住了，过滤了。整个天地，仿佛只是一个梦境。风无声地吹来，与我童年时感受到的夜风没有本质的差别，只是多了几分粗粝和苍凉的味道。

黑土地上的红云

过去的乡村夜晚，即便是冬天，也是挺热闹的。吃罢晚饭，家家都会在屋里生一盆火。大人和小孩围火而坐，织毛衣，给孩子讲故事。暖红的火光，从门板缝里透出来，有一种乡野特有的意趣。不像现在，我沿着石板路走了好长一段，都没有听见人的说话声。户户门扉紧扣，连那反应敏锐的狗也懒得叫一声——莫非，狗也学会了享受寂寞和孤独吗？

朝左走，是池塘的方向；朝右走，是学堂的方向。我犹豫到底该朝哪边走好。人一旦过了而立之年，做事情就多少变得纠结起来，不知这是成熟的象征，还是疲软的表现。愣怔了一会儿，我还是决定朝右走。毕竟离乡这么多年，对故园有了几分生疏，万一失足，掉进池塘里去，岂不丢死个人。

学堂自然是过去的学堂，如今早就废弃不用了，被附近的村民堆满了干柴。我站在路边，透过夜色望去，像看一张底片。底片虽然模糊，记忆却从底片上清晰地漫溢开来。我小学一至五年级都是在这里上的学。学堂只有一个老师，所有的课程都由他担任。他手中的铜铃一摇，就上课；再一摇，就下课。下课后，老师也不进办公室，而是蹲在草坪上，跟学生下五子棋。他若下赢了，我们的课休时间就会长一点；要是下输了，我们就会被立马赶进教室。

他是个代课教师。代了很多年的课都没能转正。我们这个地方穷，公办教师都不愿意来此受苦。因此，他必须每天都坚持到学堂来上课。没了他，我们就会群龙无首。有一次，他生病了，咳嗽厉害，痰里带血，只好叫他的儿子来替他上了几个星期的课——他儿子高中毕业后，到部队参军，正好回家休假。这个老师更是不得了。下了课，就带我们到学堂周围的土堆上去“打仗”。男女学生自由组合，把农民的豌豆田和麦田糟蹋得惨不忍睹。农民想骂，又不好意思骂——要是真把老师给骂走了，谁来教他们的子女读书呢？

我就这么完成了我的启蒙教育。

今夜，我又回到了幼时读书的学堂，回到小学时光，仿佛再次重温了来自童年的快乐和自由。我感到自己的人生，又被月光擦亮了一次。我不准备再朝前走。再走，我怕自己无法返回——我指的是记忆，不是脚步——我的脚步，无法替代记忆的指针。

在这个初冬的夜里，我一个人在村子里走着，像一个梦游的人。我原本是想出来寻求安宁的，哪知，反而让我有了一颗不安宁的心。

我赶紧往回走。月光如水般从我的头顶泼下来。身后的学堂，以及伴随学堂浮现的一切，慢慢地开始隐退，退到黑夜的深处，退到月光照耀不到的地方，退到我的记忆打捞不到的地方。

我重新成了一个孤独者，享受着自己的孤独。

返回的途中，我从当年那个代课教师的家门前走过，恰巧碰到他到屋外小解。他看见我，被吓了一跳，赶紧躲进屋里，只从窗棂里朝外望了我一下，就迅速拉灭了电灯。

我知道，曾经那个在他眼里调皮捣蛋又品学兼优的学生，他已经不认得了。

池　塘

池塘是村庄的眼睛。有风吹，它就眨一下。若无风，它就老是睁着，望向天，好似天上会落下黄金。这只眼睛，很亮，很清澈。它会把看见的东西尽收眼底。云过，它把云的形态藏进水波；鸟过，它把鸟的影子印在水面。

小时候，夏日黄昏，我总喜欢坐在塘沿上，观察水面的动静。太阳的余晖照临池塘，池面像敷了一层蛋黄。我喉头微动，想伸出舌头舔一舔。这时，我看到自己那孤独、瘦小的身影在水面晃动。我捡起一块石子，朝影子砸去。瞬间，我就破碎了，融化了。整个池塘，都浮满了忧伤。

一群小鱼，摇着插在尾巴上的破扇子，在我投石的周围游弋，试图用嘴把我破碎的身影粘贴完整。它们极有耐心，蹿上蹿下，宛如一队水底世界的能工巧匠。然而，也许是我的身影太易碎了，修复难度很大，约莫一刻钟过去，它们便显出疲态，摇摇头，各自散去了。鱼儿们的义举，让我感动莫名。

我那时的梦想，便是做一条鱼，成天把自己泡在池塘里，赤裸裸地将周身洗得纤尘不染，顺便把烦恼和惆怅也洗去。

大概八岁那年，一个午后，我突然觉得要为自己做一次主，便一个人偷偷跑到池塘边，纵身跳了进去。水花飞溅中，我还没来得及挣扎，就被池水淹没了。好在水不深，脚站在池底，刚好能露出头。我带着呛水后的难受，爬上池岸，好像死过一回又活了过来。

从那以后，我变得成熟了，也懂得了生活之水的深浅。原来，做一条鱼，也未必是多么快活的事情。

这一切往事，我相信池塘都记住了。

如今几十年过去，我已不再年少。池塘也不复是过去的池塘，它沧桑了不少。眼睛明显没了曾经的清澈，池面上飘满了浮萍和白色垃圾。自从乡村公路通车后，每个周末都有城里人开车来这“世外桃源”兜风。有的还自带帐篷，烤箱烤架，在池岸上搞起了野炊。男女喝了酒，就唱歌、打牌、嗑瓜子，朝池塘里扔废弃物，把一个宁静的山村嚷得鸡飞狗跳。尽兴之后，他们就钻进帐篷，等太阳落坡，等倦鸟归巢，等衰老的池塘闭上眼睛。直到昼夜交替之际，他们又开始做爱，以天为被，以地当床——野风劲吹，山崩地陷，几番云雨，精疲力竭。他们喘着粗气，终于摇旗收兵，把一个一个的避孕套抛向池面，给池塘戴上眼罩。

这一切，池塘也都记住了。

我从池岸上走过，我见证了池塘的生机和落寞。跟我一样见证了池塘的生机和落寞的，还有村头的李大爷。李大爷最大的爱好，是蹲在池塘边钓鱼。我还是个孩童的时候，就看见他隔三差五地在垂钓。那时，他年轻，娃也小。家里穷，没钱割肉，只能钓几条鱼来给孩子改善伙食。后来他的孩子大了，外出参加了工作，我依然看见他时常在垂钓。尤其下雨天，他披蓑戴笠，嘴刁烟杆，坐在岸边，像个打坐的人。有次，我到池塘边散步，见他垂钓，就问他：“你娃又不在你身边，你自己又不吃鱼，钓鱼干啥？”他凝视浮标，淡淡地说："喂猫。"我猛然想起，自从李大爷的老伴病故后，他便热爱上了跟猫相处。

这次回乡，我又看到李大爷在池塘垂钓。他已经老态龙钟，背驼了，眼睛也看不清东西了，却仍旧那样盯住浮标，从早晨坐到傍晚。他的旁边，永远蹲着一只猫，只是不知道这是他养过的第几只猫了。偶尔钓到一条鱼，猫就两眼放光，喵喵地叫。可李大爷就是不给猫吃，从钩上取下鱼，又放回到池塘里去。他明白，这口陪了他一辈子的池塘里已经没有几条鱼了。我不想打扰他，递上一支烟，转身离去。再回头看他那孤独地垂钓的样子，我真猜不透，他到底是在钓鱼呢，还是在钓他自己。

落　日

傍晚时分，我走上山冈。蚕豆花和野菜花正开着。蚕豆花像蝴蝶，爬在豆杆上，任凭冬风怎样吹拂，它都一动不动，跟季节赌气似的。野菜花呢，粉黄粉黄，星散在豆田里，远远看去，像是谁在大地的头发上插了几朵小黄花。

冬阳像一盏灯笼，挂在天空。暖光透出来，照在地面上。我在走，灯笼也在走，替我引路似的。我许久没回故乡了，它怕我不识路，走丢。我在山坡上转了转，打捞过往的记忆，可记忆早就随风飘远了；我又试图寻找儿时印在土路上的脚印，遗憾的是，脚印也被荒草覆盖。唯独山冈上的那几棵酸枣树，还是原来的模样,只是树干长粗了。那时候,母亲在树下劳动——挖土或种豆。我就爬到树杈上摘酸枣吃，吃腻了，就躺在树上，看白云从天空飘过，想一些不着边际的事情——我还会观察一只蚂蚁或蜗牛如何爬上树枝体验移动的乡愁。当然，我看得最多也最仔细的，是母亲俯向大地的身影。她不说一句话，汗水打湿后背。她以谦卑的身姿贴近土地，贴近粮食和梦想。母亲劳作时，我是不存在的。她的眼里，只有劳作本身——她对土地的爱，超过了对儿子和自己的爱。

现在，我的母亲老了，已扛不动一把锄头。她两鬓长出的白发，就像树旁边摇曳的巴茅草。我走进树身，用手摸了摸树皮，粗糙，锉手。刹那间，我仿佛摸到了母亲额头上的皱纹——那被岁月的风沙磨出的沟壑，想哭，却哭不出声。我跪在树前，跟树磕头，跟土地磕头，跟日子磕头，跟苦难磕头……

树沉默不语，四野静寂无声。冬阳偏西，暮色就要降临。我站起身，朝晚霞铺展的远处走去。我想在霞光消失之前，再看看故乡的面貌。杂草太长了，几乎要将我淹没。我在草丛中横冲直撞，锋利的草叶割得我双手刺痛。我不得不举起手来，像一个投降的人，又似一个托举落日的人，在故土上无止尽地奔走。我担心那个灯笼会掉下来，点着干枯的荒草，把我的故园烧成灰烬。

或许是我走得太急，惊扰了草丛里蛰伏的山雀。它们倏忽飞起，冲向落日。那模样，很有几分悲壮。我突然意识到，这片土地不只是我的，也是动物们的家园。自从我离开故乡后，一直是它们在替我守候着这片土地——它们永远比人忠诚。

然而，就在我走到一片翠竹掩映的田塍上时，一张网挡住了我的去路。那张网的网眼很小，若不仔细辨别，我还以为是一张巨型蜘蛛网呢。网上套着一只画眉，正在垂死挣扎，翅膀严重受伤，有血珠滴出，染红了野草。我踮起脚尖，想把它取下来，让它重获自由。可我反复试了几次，就是够不着。晚风从网眼里吹过，也从我的心上吹过。网的其他地方，也残留着鸟的羽毛。每一片羽毛，都是一个招魂幡，在替那些死去的鸟雀招魂。我站在网下，耳朵仿佛听到无数鸟儿的哀鸣。我不知道，这张网是谁安放的——在这个世界上，总有那么些人，在偷偷地干一些伤天害理的事情。我必须救下那只鸟。我费了好大的劲，才把那张网撤掉。但令我心碎的是，当我成功救下被困之鸟时，那只鸟已经气息奄奄了——我没有能力和办法使它再展翅飞翔。

这个黄昏，我经历了一种罪过。

落日越来越暗淡。那刻我如梦方醒——这落日，并非是在指引一个游子寻找乡愁，而是在替一只小鸟送葬。

天就要黑了，我返身朝回走。走着走着，我不禁泪流满面。我感觉到，在我的故乡，每一次日落之前，都有一道悲伤在蔓延——尽管，在日落的另一面，黎明正欲翻身。

寒猫

我们家的猫失踪了，好多天都没落屋。奶奶心急如焚，嘴里老念叨。猫一走，奶奶的心就空了，晚上睡不着觉。好不容易合上眼，猫就会闯入她的梦里，像一片雪花，闯入冬季。这只猫，跟了她许多年。白天陪她晒太阳和聊天，到了夜间，就钻进被窝，给奶奶暖脚。

父亲担心奶奶伤心过度，嘱咐我去把猫找回来。我沿着山前山后找了个遍，连每个岩洞都搜索仔细了，可就是不见猫的爪印。我学着奶奶的声音和腔调，喵喵地大呼，渴望猫能听见，但我沙哑的呼唤在山谷飘荡了一会儿，就被寒冷吞噬了。我找了块石头坐下来，感到虚弱和无助。

找不回猫，我的奶奶就不得安宁。换句话说，猫不回来，我奶奶的魂也不会回来。可是，我又认真想了想，或许猫根本就没有失踪，它是故意躲藏了起来——躲在我家的屋顶上，躲在奶奶的床底下，躲在屋后的地窖里，躲在灶房的烟囱内，躲在房前的柴草堆中……这是一只无法走远的猫。它跟我的奶奶一样，临近迟暮，老态龙钟，稍微走几步，就要蹲下来喘口气。况且，在这只猫的大脑里，储存了太多有关奶奶的故事。那些故事是另一种雪，大大小小的雪花堆积在一起，足以冻僵猫的生命。

想明白这一点，我感觉自己像是掉进了奶奶设置的一个圈套。她让父亲逼迫我去找猫，其用意是希望我们能驱除或融化掉她内心的寒冰。记得若干年前，我还跟家人生活在乡下的时候，奶奶就总是缠着我听她讲故事。她讲的那些故事，不是破破烂烂，就是坑坑洼洼，反正是没有风清月明和一马平川的。我耳朵都听起茧子了，她仍喋喋不休。我那时年少，缺乏耐心，更不理解奶奶讲的故事的内涵——她的讲述，其实是一种孤独的馈赠。奶奶对我的表现很失望。我离开家后，奶奶又把讲故事的热情倾注到父亲身上。可父亲比我更缺乏耐心，作为乡村医生的他，诊所就是他的整个世界。他没有闲情聆听奶奶的叨扰，他的耳朵早已被病人的讲述塞满。那些病人的讲述，比奶奶的讲述更迫切，更有力度，也更沉重。他们都是跟死亡打过无数回交道的人。故父亲每天从诊所回到家，只要听到奶奶讲故事，他就赶紧跑到堂屋香案上的药王菩萨面前焚香。香一点燃，奶奶就会闭嘴。直到有一天，她找到了猫这个听众，她内心的焦虑才得以缓释。可现在，连猫也不愿再听她的啰唆了——奶奶再次陷入了惶恐，像冰里埋藏着一根火柴。

我不想戳穿奶奶的圈套，我继续替她寻找猫的下落。寻找猫的过程，也是寻找我奶奶的过程。这么多年了，我都没有真正走进过奶奶。前几天下雨，我生了一盆炭火，端到奶奶跟前供她取暖。在我的记忆里，只要气温一低，她就喊疼。父亲很负责任地给她做了全面检查,又没发现任何毛病,可她就是喊疼。那疼像猫一样，藏在我们看不见的地方，把一个人折磨得魂不守舍。我陪在奶奶身旁，替她搓手。奶奶盯着火盆，昏昏欲睡。我怕她睡过去，不断跟她说话，并一再请求她给我讲述多年前她没能讲出的故事。奶奶没有理会我的请求，她嗫嚅着只说一个字："猫……猫……猫……"

整整一个冬日下午，我都在寻找猫和奶奶的双重困厄中徘徊。我不知该到哪里去寻找失踪的猫，也不知该以怎样的方式，才能找回我奶奶丢失的魂魄。我像一枚树叶，在寻找枝头的阳光；又像一粒种子，在寻找土壤的温床；还像一条小溪，在寻找最初的源头；更像一只候鸟，在寻找旧年的老巢……

可天都快黑尽了，我的寻找仍然一无所获。我没能找到那只猫。我找到的，只有一个乡村女人一生的命运，以及躲藏在命运里的那些忧伤的碎屑、欢悦的孤独和刺骨的寒冷。

孟　冬

我渴望听到一些声音，细小的声音，在这个孟冬时节。我在田野里走来走去，像一个菜园的管家。那些菜全被白雾罩着，宛如农妇冻裂的脸上涂了厚厚的粉霜。我俯下身子，将耳朵贴近泥土——凉伴着一股阴湿，钻进我的耳蜗。顿时，我的血管里似有亿万条蚯蚓在蠕动。

田地东边，蹲着一位在扯杂草的老人。他穿得很单薄，发须尽白。浓雾包裹着他，仿佛蚕茧里的蚕。我慢慢地靠近他，像一种凉靠近另一种凉。然而，这个老人却丝毫没有察觉到我——他低埋着头，两只手颤抖地扯着一根一根的草，既像一个匠人在制作手工艺，又像“土地神”在拔出大地的寒气。

我不知如何是好。我渴望听到一些声音，却无意中听到了一个老人细小的喘息。我掏出手机，想替老人拍一张照片，就像我曾经拍过的那些大地上的河流、树木、飞鸟、芦苇和花朵一样。可令我讶异的是，我刚将手机对准他，他竟惊慌失措地站起身，扭头就跑，连身旁的背篼都不要了。

我呆在田地中间，感到莫名地惆怅。我的鲁莽总会伤害那些我所热爱的事物。

那天过后，我决定不轻易在村里乱走。我怕自己的脚步会扰乱季节的秩序。我把自己藏起来，像一只冬眠的青蛙——在乡下生活，只有将寒冷抱紧，才能获取丁点的温暖。

转眼到了仲冬。我实在憋得难受，就又想到去村里转转。在城市生活久了，我已经失去了耐心，变得不甘寂寞——一个人倘若真要跟自己相处，跟寂寞相处，跟内心相处，那是需要境界和修为的。

村子又安静了许多，一切都在沉睡。我抄着手，在村里闲逛，耳边只有风吹树响。突然间，我很想抽一支烟，可打火机无论如何都打不着火。在寒冬，打火机也是冷的。我没法自己将烟点燃，我的指尖没有着火点。我只好重新把烟放回烟盒，把想法放回欲望。

这真是个索然无味的冬天。我继续抄着手，在村里闲逛。我渴望遇到一团火，就像我曾渴望听到一些声音。这是我的梦想——冬天的梦想。我的梦想非常简单，可越是简单的梦想却越难于实现。

正在我灰心沮丧的时候，我又遇见了那个被我的拍照行为所惊吓的老人——他拿着一把锄头，在房屋周围使劲地挖什么。我很好奇，停下来默默地盯着他看。这次，他没有被我的怪异举止吓住。或许，他根本就没有心思理睬我。他只拼命地刨挖，复仇似的，额头汗珠滚滚。渐渐地，我看明白了，这个老人是在刨房屋的地基。他想制造一场事件——房屋倒塌事件。这是他在这个冬天的梦想。如果这个梦想能够实现，他将为后人赚取一笔意外死亡赔偿金。但令他没想到的是，他这几间瓦房太坚固了。几根石柱已被他刨得如裸露的白骨，却就是不倒。

我被眼前的一幕吓傻了，汗毛倒竖起来。这是怎样的一个老人，又是怎样的一个冬天啊！我仍想抽一支烟。这回火机倒是打燃了，可颤抖的嘴唇就是叼不稳烟。我索性连烟和打火机一并扔出老远，像把冬天扔出季节之外。

不知不觉间，日子到了季冬。一天上午，我站在村头眺望春天的消息，却无意中发现老人手拿一把锯子，在锯生长于屋旁的一棵大树。他不把树锯断，只拉开一条大口。他希望能在春季来临之前刮起一场大风，将树吹倒后压垮房屋。可这场风却不守信用，它在村前旋了几圈，就调转了方向——风是聪明的，它识破了老人的阴谋。它不想成全了老人，毁了自己的清白。

风走后，老人失望至极。就在这个冬天快过完的时候，他掉进村头的池塘淹死了——一个梦想着死的人，终于死在了制造死亡的路上。

雪　花

雪花落下来，是一次事件。

在我的故乡，类似的事件很多——诸如一把柴刀砍伐了一片树林，一条狗咬伤了一个孩童，一只鸡在野外下了一窝蛋，一个上坟的人在去往坟地时迷了路……但在这所有的事件中，只有雪花落下来是最大的事件。它不仅可以掩盖大地，还可以掩盖事件本身，把生活中发生的一切统统藏起来，不露一点痕迹。

我记忆里的第一场大雪，是十岁那年除夕。那时家里没有电视机，团圆饭过后，全家人就围坐在一块儿，脚边生一盆火，听屋外的雨落在青瓦上的声音。那雨声，先是清脆如撒豆，继而便乱槌奏乐，闹起了新春。可惜我们看不到雨的表演，只能聆听，在对新年的守望中。暖红的火光上蹿下跳，把我们的身影皮影似的映在墙壁上。我没坐多久，就坚持不住了——寒冷在我的膝盖里冬眠,也在我身体的其他部位守岁。父亲叼一支烟，一股呛人的尼古丁味道，在潮湿的房间里弥漫。他要以燃烧的方式，来纪念自己的沧桑。母亲则低头纳鞋垫，即使在除夕这样的日子，她也从没停止对时间的追赶——现在想起来，当年的情景,不像是一家人在守岁,而是几个孤独的人在为除夕献祭。

后来，不知过了多久，盆里的火光渐渐暗淡下去。父亲烟盒里的烟也被他抽得一支不剩，而我则已在梦中的春天里奔跑了一圈醒来。母亲呢，还在继续纳鞋垫。针从她的鞋垫上穿过，也从她的睡眠里穿过。我怀疑那根又细又硬的针，是用母亲的一根骨头打磨而成的。就在我即将再次进入梦乡的时候，我听见去屋外撒尿的父亲大喊了一声：“好大的雪啊。”我披衣下床，推门一看，整个黑夜都被白雪照亮。仿佛有无数个盗贼，偷了村里所有人家的鹅正在宰杀庆春——那在空中翻飞的雪花，即是盗贼拔掉的鹅毛。

这场雪给了我意外的惊喜，也给了我刻骨铭心的记忆。后半夜，我再没入睡。直到天亮，都听到积雪压断竹子和树木的声响，跟放鞭炮一样。翌日一早，我独自踩着雪，满山满坡地走动。世界只有一种颜色。白雪将土地上全部的伤口和贫瘠都抹平了，包括我那稚嫩的深浅不一的脚印。

岁月更迭，在一场又一场风霜雨雪的淬炼中，我早已不复是当年那个爱幻想的少年，对下雪也不再感到惊奇。雪随时都可能下，未必一定要在冬季——雪下在早晨，也下在傍晚；雪下在春天，也下在夏天；雪下在人高兴的时候，也下在人失意的时候。

只要雪花落下来，就是一次事件。

现在，又开始下雪了，在我重新回到乡下故园的时候。雪好似专门为了等我，像我垂暮的父母等待我回家团年。这场雪比起在我十岁那年下的那场雪要小很多，但持续时间却比那场雪要漫长，整整下了两天两夜。我沿着十岁那年走过的山路，再次爬上山坡。世界依旧只有一种颜色。雪花真是个化妆高手，它把大地装扮成白色，也把我父母的头发染成了白色。我站在山坡上曾经站过的地方，十岁那年的情景历历在目。我猛然发觉，原来几十年前的那场雪一直未曾消融。这次的雪，不过是在重演上一场雪的剧情。

我想学当年的父亲，抽出一支烟点燃——我也要以燃烧的方式来纪念我所历经的沧桑。我边抽烟边慢慢地走着，这时，我看见山坡下面的田地里有一个老人在割猪草，我走下去，跟他打招呼。老人比我父母年龄还大，他伛偻着腰，周身都飘满了雪花。也许是老人耳朵背，他没有听清我的说话，只看了我一眼，就又埋头割草了。可那一眼，却让我有遭了冰弹袭击的感觉。这使我更加坚信，落在我故乡大地上的每一场雪，都是一次事件。

一场又一场的雪堆积起来，连成一片冰川——很多的人，就住在那片冰川里，努力地活下来。

寒　林

我曾经常走进那片树林。

有时是受一只鸟的引领，有时是受一种莫名情绪的引领。那片树林不大，树种以青桐树居多。特别是夏季，下过几场雨之后，树林里杂菌丛生。这时进林，准能捡到大小不等的菌子。拿回家洗净，炖成汤，真是又鲜又香。

可现在是冬天，无菌可捡，也没有鸟为我引路，我的情绪也很正常。我之所以走进树林，是听到了树的召唤。离开故乡多年，我时常在梦中看到树披头散发地在风中奔跑，边跑边喊我的名字。醒来，树又全都消失不见了，只剩下它的喊声，不断在我的耳边萦绕。我的脊背一阵冰凉，泪珠像两枚细小的卵，在眼眶搭建的肉巢里滚来滚去。

那些树都还认得我。我从树底下走过，落叶铺了厚厚一层。脚踩在上面，软软的，挺柔和，这是它们为迎接我这个游子专门铺设的地毯。这仪式太隆重了，我感到十分羞愧。我伸出手，顺着树干一棵一棵地抚摸。我不仅摸到了树那潮润的皮肤，也摸到了自己的年轮。有的树干上结了痂，手摸上去，硬硬的。我怕碰疼它们，就住了手。每一个疤痕，都是曾经的一道伤口。那些伤口里，藏满了生长的秘密。

遥记当年，我利用上学的间歇，养了几只兔子。每天放学后，我唯一要干的事情，便是去菜地里给兔子扯草。短短几个月时间，兔子被我养得又肥又胖。父亲为犒赏我，还特地砍来竹子编织了一个兔笼子。看着兔子在笼子里活蹦乱跳的样子，我感觉生活无比的美好。可让我没想到的是，有天我放学归来，跑到兔笼前一看，其中一只灰毛兔趴在笼内一动不动。我揭开笼盖，用手一摸，兔子的身子已经僵硬了。那一刻，我的眼泪夺眶而出，我不知如何是好。我既不想把这事告诉还在坡地干活的父母，也不想压抑自己的悲伤。低泣一阵之后，我抱着死去的兔子，提起墙角的一把锄头，向那片树林里走去。我将那只灰毛兔埋在了林子西边的一棵苦楝树下，还用随身带的小刀在树身上刻下“爱兔”两字，以示对这只兔子的哀悼。埋掉灰毛兔，天已经黑透了。父母早已回家，他们看到我沮丧的表情，一句话都没说。母亲接过我手里的锄头，就转身去灶房煮晚饭去了。从那天起，他们再没向我提起过那只灰毛兔——他们不想去触碰儿子的伤疤。

如果树也有记忆，它们一定会记得当年有个孩子，在一个薄暮时分，曾静静地走近过它们。那个孩子，他独自穿过密林，穿过正在降临的黑暗，穿过被无限放大的悲伤。他徘徊又徘徊，站在树下听风吹树响，所有的树都在默默地看着他。尔后，树们开始窃窃私语，议论着一个孩子内心的风暴和一只兔子的死亡。最终它们又看见那个孩子在绝望的笼罩下，摸索着找到了回家的路。

我不能再继续回忆了，也不能替树去回忆。不管是树或人，都不应该老是活在回忆里。我绕着树林走了一圈，林子里寒气森森。雾霭包裹着湿漉漉的树叶，仿佛树刚刚集体哭过。只是我不知道，它们是因为高兴哭呢，还是别的什么原因。一棵树站久了，也会很独孤。别看它们伴侣多，其实一棵树与另一棵树之间，永远难以靠近，也根本不会走进彼此的内心。真正了解一棵树的不是树，也不是种树者和伐木工，而是风和雨，阳光和月光，水分和空气。这跟人类很相似，一个人倘要走近另一个人，那中间永远横亘着一道鸿沟，不论这两人之间的关系多么亲密，多么特殊。因此，也才有那么多渴望被了解的人，悄悄走向山川和河流，旷野和丘陵；走向一朵花，一块石头。他们相信，只有自然界的这些东西，方能安妥他们那迷离和彷徨的心灵。

如此说来，我在这个冬季走进一片树林，也是在为自己那渴望被知晓的心灵寻找一条路径吗？

树没有回答我的问题，唯有树梢动了动，是摇头，也是点头。

青　瓦

昨夜风大，屋后的竹子受风的指使，扫掉了我家屋顶上的几匹青瓦。那时正值夜里十一点钟，青瓦落地的响声惊醒了沉睡中的父亲。他从床上爬起，打着手电筒，到屋外转了一圈后，又回屋蜷缩进了被窝，像一个患梦游症的人。我躺在隔壁的木床上翻看一本名为《旧都的味道》的书，作者是一个叫薄田泣堇的日本作家。我合上书页，准备入睡。这时，父亲的鼾声穿过墙缝，在我的耳膜上此起彼伏。屋外的风更大了，像无数个在黑夜中咆哮的暴徒。瞬间，我的睡眠和父亲的鼾声都被风粗暴地掳走了。又一匹青瓦，从房顶坠落，砸向黑夜的脊背。

第二天清晨，风停了，我赶紧跑去屋后察看，屋顶上伏着两根老竹和一根嫩竹，脱尽竹叶的竹枝插在瓦楞中，形象十分狼狈。瓦脊上蹲着一只鸟，羽毛被晨雾濡湿。我轻轻地摇动老竹，想让它飞走，可鸟就是不飞，依旧静静地蹲着，也许它早已厌倦了飞翔。我凝视着那只鸟，鸟也凝视着我。一下子，我的心中涌起太多的话，却不知道对谁说。这些话闷在我的心里若干年了，跟屋顶上的瓦片一样，全都长满了青苔。

青苔长在瓦上，就像白发长在父亲的头上。青苔和白发，都是岁月的物证。正这么胡思乱想着，我的脚底一滑，身体撞在一根竹子上，落下的水珠滴进我的脖颈，寒冷迅速将我包裹。我一个激灵，仿佛大梦初醒，回转身，见父亲拿着一把柴刀向我走来，他要将倒在屋顶上的竹子砍掉。不然，竹子还会扫掉青瓦。在父亲的眼中，每一匹青瓦都如鱼身上的一片鳞甲。鳞甲每掉一片，鱼就会疼痛一次。青瓦每掉一匹，房屋也会疼痛一次。父亲最怕见到疼痛——他一生都在被疼痛追杀和围剿。

柴刀闲置了一个冬天，有些生锈，刀刃不是太锋利。父亲费了好大周折，才把那三根竹子砍掉。我帮他把砍断的竹节捆好，像把一些生活的片段整理打包。父亲在旁边盯着我，额头汗珠直冒。他掏出一支烟点燃，烟圈在他的白发周围缠绕。瓦脊上那只蹲着的鸟已经不见了踪影,早被我们的伐竹行为吓跑了——它一定是担心那把生锈的柴刀会落在自己的身上。

清理掉倒伏的竹子，房顶轻松了不少，再也没有重物压着它。只是，那被竹子扫掉瓦匹的地方，破开筲箕这么大的一个洞口。发霉的檩条裸露出来，好似老屋的骨骼。父亲抽完烟，立刻去偏房里搬楼梯。他要亲自上房检瓦，替房屋修补伤口，但被我强行制止了。看他搬楼梯都费劲的样子，我哪敢让他上房。记得前年冬天，他一个人爬上房顶盖瓦，摔了下来，造成身上多处骨折。在家躺了半个多月，才勉强能够下地行走。这次，我不能让他再冒险。我本想自己上房盖瓦，但又没那本事。这不比挖地种豆，盖瓦是个手艺活，一般人还真不敢贸然上房。否则，极有可能漏没盖住，反而越盖越漏。

情急之下，我想到了村里的国华爷。他是个老盖匠，村里每户人家的房顶他都上去过，可我这想法遭到父亲的反对。父亲说，国华爷年纪大了，早就不上房了。别人请他，他也一律谢绝。除非他自己的房屋漏水，才不得不爬上房顶一试身手。

我问父亲，那村里还有其他的盖匠吗？父亲摇摇头说：“以前倒有好几个，可都老的老，死的死了。”我的心里再次涌起太多的话，想说却说不出口，心里闷得慌。

就在父亲让我给他扶稳楼梯准备上房时，恰好国华爷扛把锄头路过。他见状，放下锄头说：“让我来替你们盖吧。”我和父亲都感到惊讶。国华爷继而说：“你们父子俩对我都很和善，不像村里有些人，六亲不认，这点小忙，我这把老骨头该帮。”我一下子眼眶泛潮，父亲也赶忙递上烟。国华爷果然手艺超凡，十几分钟过去，他便将我家屋顶的洞口补上了。我和父亲要留他吃早饭，他说：“刚吃过，还没饿呢。”说完，就扛起锄头朝坡地走去。

我站在房檐下——泪水打湿了一个衰老的背影和一颗柔软的心。

记 梦

夜里醒了几次。我睁开眼睛，黑夜依旧很黑。外面吹着风，仿佛在给我催眠。我瞅瞅夜光手表，时间是深夜两点十二分。我盯着秒针看了许久，又盯着分针看了许久，再盯着时针看了许久，我想知道它们是如何分解时间的，但遗憾的是，我还未看明白，就再次进入了梦乡。

在梦里，我变成了一个孩童。我很饿，饥肠辘辘。我跟着一个中年妇女，走在一条没有尽头的山路上。那个妇女肩上挑着两筐金黄灿烂的谷子，像是太阳洒下的光芒。从背影看，我似乎认识她，而且，我熟悉她汗水散发出来的味道。可当她转过身来面向我时，她又是那样的陌生。我不知道她要去哪里，是去邻村的打米房打米，还是去镇上交公粮。她沉默着，我也沉默着。我在后面盯着她，也盯着她筐里的谷子。大约走到午后时分，我发觉谷子开始一粒一粒从她的筐里漏出来。谷子漏出来一粒，我就弯腰捡一粒。不多一会儿，我的衣袋和裤袋里都被谷粒塞满了，但我仍然很饿，我很想把谷粒放在嘴里嚼了。我刚一张嘴，那个妇女就扭头斜视我，目光比砒霜还毒。我只好毛骨悚然地把拽在手心里的谷粒又放回衣袋中，继续默默地跟着她。山路上，从筐里漏出的谷粒连成了一条金色的细线。我还想捡，可找不到地方放。正在我愁肠百结之时，忽然从天空飞下一只鸟，一嘴就把那根细线叼走了。继而，一大群鸟闻风而来，停在妇女的箩筐边沿，争食筐中的谷子。这些鸟个个凶险，嘴奇大无比，跟撮箕差不多，几嘴就将谷子啄得颗粒不剩。我简直惊呆了。然而，那个妇女却对眼前发生的一幕熟视无睹，仿佛那些鸟都是她喂养的。她之所以挑出谷子，就是专为供养它们。

瞬间，我的饥饿被仇恨所取代。我恨那个妇女，也恨那些鸟。她们使我的希望破灭，让我小小年纪就窥到了活着的真相。这一切，对我这个孩子来说，太残忍了。我不想再跟着那个妇女走。她现在什么都没有了，唯剩两只空空的箩筐。我回转身，朝路的另一端迈步，哪曾想，一只大鸟拦住了我的去路。它张开翅膀，每一根羽毛都似一把锋利的短剑。鸟的眼睛死死地盯着我那鼓鼓的衣袋和裤袋。我明白它想干什么。我自觉地掏出那些谷粒，连同我的饥饿和仇恨，希望和梦想，统统都掏了出来。鸟双翅一合，顿时就把我掏出的东西包走了。

我站在山路上，失魂落魄。我不清楚该往何处走，我的脑子一片混乱。我恍惚记得自己是从家里逃出来的。逃走之前，我跟母亲吵了一架。吵架的原因我忘了，好像是为了一个馒头，又好像是为了一个破碗。那会儿，天色已近黄昏，我凭借记忆，摸索着寻找家的方向。路的两边，林木茂盛，树冠里不时传出鸟鸣——叫声凄厉，响彻山谷。我怀疑那些鸟就是刚才抢夺谷子的鸟。它们一直躲在我看不见的地方，虎视眈眈地监视着我。我的背脊发麻，我很想摆脱它们。

我加快了脚步。我的脚步轻飘飘的。走着走着，我感觉自己像鸟一样飞了起来。我一下子升到了高空，我看见了我出生的村庄，那一座座连绵不断的山脉，那一条条弯曲盘绕的河流。

我还认出了我们家的茅草房，草房顶上正升腾起袅袅炊烟。我想，那应该是母亲在做晚饭了吧——果然，母亲在院坝里搂柴火。她抬头望了望天，我以为她看见了我。我大声喊母亲，声音宏亮，但母亲却丝毫听不见我的呼喊。我急了，奋力一飞，从天空上掉了下来，恰好掉在院坝里的草垛上。母亲被我吓了一跳，惊慌失措。当她认清是我时，禁不住泪流满面。她放下手中的柴火，摸摸我的头，再拉起我的左手，没有说一句话。

我伸开右手紧握的拳头，把唯一一粒没被鸟夺走的谷粒交给母亲。母亲捻起那颗谷粒，像收起一束光，又像捧起一团火，朝我笑笑。我在母亲的微笑中晕了过去——我太饿了，我的饥饿终于被饥饿打倒。

当我从昏迷中睁开眼睛，已经是第二天黎明了。刮了一夜的冬风已经停止。我再次瞅了瞅手表，想搞清楚它到底是怎么分解时间的。可我昨晚忘了上发条，手表早已停止了转动。

水 滴

我蹲在一片油菜地里，与一滴水对视——那滴水长久地在那里等我，等了许多年。在我尚未到来之前，它是一朵云，流浪在天空，就像我，流浪在大地。我们都在做着寻找的事情。有时候，我流浪累了，就会跑回老家来歇一歇。老家是我的旧巢，我这只飞鸟无时无刻不在记挂着它。而那朵云呢，自从被风放逐之后，它就时常变成泪珠的形态，滴落下来，落在云朵升空的地方。

这次，它是专为与我相遇，才故意滴落在油菜叶上的。我一眼就认出了它。它那么圆润、晶亮，梦幻般迷人。我蹲下身子，影子映在水滴上，整个人都像被它包裹住了，仿佛一个孩子，回到了母亲的子宫——我终于看到了自己原初时的模样。

承载水滴的叶子很鲜嫩，翠绿中略带浅灰。几条暗红色的叶脉布满整片叶面，像我的眼球布满了血丝——我的眼睛之所以如此，一是因为熬夜所致，二是我老眺望远方和家的方向。为使眼睛保持清澈，我会用眼药水滴眼睛。这药水真是神奇，它不但能治疗我的眼疾，还能替我流出我已经流干的泪水。我虽然知道这泪水是假的，但我的思念是真的，我的心是真诚的——有时一滴泪就是一个人内心的一汪洪水——它不泛滥，只那么一滴一滴地滚落，直到把流泪的人折磨得欲哭无泪。

那么，那滴油菜叶上的水珠，是治疗我眼疾和乡愁的药水吗？

我用手轻轻地碰了一下叶子，水珠便在叶片上滚动起来，沿着叶脉分布的方向。我用目光追随着它。它朝左边的叶脉滚，我的目光就向左边移动；它朝右边的叶脉滚，我的目光就向右边移动。我必须要将这滴水珠含在我的视线内——只有它，才能引领我找到回家的路。正这样想着，水珠突然停在叶片的正中位置不动了——它默默地盯着我，让我心生战栗。

霎那间，这滴水珠让我想起几天前看到的另一滴水珠——它挂在一个人的眼睫毛上，像屋檐上的冰滴——这个人是我的邻居，七十多岁，胡须花白。一张漏风的嘴，已然咬不住生活。我遇见他的时候，他正站在自家的破屋前，露出一副伤悼的表情。他家的房子已经好几年没有住人了，堂屋和灶房都已坍塌。由于夜里刚下过一场冬雨，雨水泡湿了灶门前的衰草，也泡湿了他的心情。他那天是专程赶回来看老屋的——自从他被儿子、儿媳叫去城里照顾孙子以来，就跟老屋分开了。他是一棵被移栽进城市的老树，虽然幸存下来了，却再也难发新芽。故只要有空，他就会背着儿子和儿媳，像个贼似的偷偷摸摸地跑回家看老屋一眼。他说："那可是埋我棺材的地方啊！"

他看见我，既兴奋又亲切。他清楚我是他老家的人，他是看着我长大的。他家屋前的那几棵樱桃树，他也是看着长大的。他回到乡下，等于是一棵树回到了森林，一穗高粱回到了秋天。他站在院坝里跟我聊天，聊从前的天气和人事，也聊现今的孤独和冷清。他跟我讲，他儿子在城里按揭了一套两室一厅的小房子。儿子儿媳睡一间房，两个孙子睡一间房，剩下他自己睡在客厅的阳台上。每天晚上，当城市的喧嚣暂时恢复宁静，他

绿色家园

从窗户朝外看，都会看到老屋的轮廓。每每如此，他就会失眠，睡不好觉，他感觉自己身上的骨头在碎裂。

我问他的儿子和儿媳在城里干什么，他说儿子是个江湖牙医，靠摆地摊求生。儿媳在一个家政服务公司当清洁工。大孙子刚满十七岁，辍学后，跟着一个私人老板学开挖掘机。去年，他这个孙子要了个女朋友，今年便产下一子。于是，他那还未满十岁的小孙子也只好跟着他睡阳台。他的小孙子有病，先天小脑发育不全。手术后，仍是走路、吃饭都成问题，他每天的任务就是负责照顾这个可怜的孩子。聊到最后，他叹了口气说："我这辈子真是无用，没能为后人创造哪怕一丁点的财富，想想好生惭愧。"说完，那滴水珠就从他的眼眶里滚了出来。

我知道，这滴水珠里不只藏着整个冬天，还藏着一个老人内心的全部隐痛。

残　照

我拍了许多照片。我想把我的故乡装进相机里。在没买相机之前，我习惯性用记忆去珍藏故乡的样子。可人的记忆是靠不住的，有时你记忆最深刻的事情，恰恰都不是最重要的。而那些最重要的事情，你或许一点都没记住。故当我第一次将相机带回故乡时，我在村子里游走了整整一周时间——相机替我记录和保存了那些正在消失的事物。

相机里有一群虫子。它们是一队偷运粮食的蚂蚁。我碰到它们的时候，是一个中午。农人都回家去了，只剩下两把镰刀插在麦田里，诉说着收割的喜悦和哀伤。那队蚂蚁正是利用这个无人的空当，干起了偷窃的事。但它们并不是高明的小偷，也没有任何盗窃工具，只用嘴抬着麦粒前行。那样子，更像是在服一场苦役。其实，即便农人在现场，蚂蚁也是可以光明正大地搬运粮食的。再小气的农人，也不会跟一队弱小的蚂蚁争夺那点口粮——弱者是能够体谅弱者的。我拍下它们，实际也是在拍下大地上的同情。

相机里有一棵树，一棵立在路边的枯树。我每次路过，都要在心里替枯树默哀。曾经，它也枝繁叶茂，冠盖如伞，年年都有鸟儿来树枝上筑巢。记得年幼时，我还爬上树杈去掏过鸟窝。每年夏季，水稻收割后，父亲就把稻草绕树堆放。我和村中的小伙伴将草堆掏个洞，趴在里面“躲猫猫”，那是我们童年时的乐园。如今，不知何故，这棵树死去了，只剩下骨骼，刺向苍穹。我拍下它，既是纪念一株植物的圆寂，也是纪念一个人远逝的童年。

相机里还有一副石磨，一副废弃的石磨。它安放在我家的屋檐下，落满了尘埃。那些年，这副石磨可是家里的“功臣”。母亲时常用石磨磨苞谷粑和麦粑给我们改善伙食。我尚年幼，只能站在石磨前朝磨眼里喂泡胀的苞米或麦粒。母亲不停地重复推磨，像重复她那枯燥而乏味的人生。石磨每转动一圈，粑浆就从石磨的缝隙中流出来。我当时特别嫉妒石磨，它总是比我们先尝到鲜香的食物。等它吃饱了，才把咬碎的残渣吐出来给我们吃。可离了它，我们又只能忍饥挨饿。我不知有多少年没吃过用石磨磨的东西了。我的父母早已没了推磨的力气。这副石磨呢，似乎比我父母还要老，它的牙齿在几十年前就被磨光了。只露出一个磨眼，像一个永难愈合的伤口。我之所以拍下它，不是要替它疗伤，而是修补我自身的创痛。

最重要的是，相机里还有一片残照，那是我在一个黄昏拍下的。拍摄地点在我家后面的山坡。那山坡是我们村的制高点。站在山巅，可以看到村庄周围的景致。幼时，放学归来，我喜欢去山坡割草。风从远处吹来，将地上的草吹得东倒西歪。我用锋利的割草刀将草割倒，就像风将白天和黑夜割倒——我和风都在改变一些细小的事物。待野草装满背篼，我通常都不会急忙回家，而是坐在山坡边的一块岩石上，看落日下坠的速度。在一个孩童的眼里，落日无疑是美的，像课文里描述过的一幅画。那时我还不配谈论沧桑，尽管沧桑也是一种美，也没有学过“夕阳无限好，只是近黄昏”这样的诗句。我唯一感受到的，只有自然界的神奇。

但在那天黄昏——拍下残照的落寞的黄昏，我已经没有了当年割草时的心境。虽然我按下相机快门的时候，站的位置依旧是童年割草时坐过的那块石头，面对的同样也是童年割草时望过的那个落日。我说不出这是为什么，是我的心里多了浮躁和世故的原因吗？是我的情感里多了惋惜和惆怅的缘故吗？也许是，也许不是。

可有一点是肯定的——我在拍残照之时，正在山坡干活的两个老人影响到了我对落日的审美。那是一对老伴儿，年龄都已过花甲，他们在残照的照拂下伛偻着背锄地。老人看到我在拍照，对我的相机流露出兴趣。这时，我也对他们产生了兴趣，不自觉地就将镜头对准了他们。老两口见我在拍他们，都停了手里的活儿，尽量挺直背，然而，挺了几次都没挺直。我让他俩靠拢一些——我的提醒让他们感到羞涩，仍站得很开。那一瞬间，我将两个来自大地上的老人定格在了大地上。

谁知，几个月过去，其中的一个老人就谢世了。

我拍的那张照片，成了他们今生拍的第一张照片，也是最后一张照片。

草　剁

那两个干草垛，像两个乡村老人的发髻，盘在村头的小坡顶上。它们靠得那么近，一个草垛胖一点，一个草垛瘦一点，在共同等待冬阳的照临。

我慢慢地走近草垛，想嗅一嗅它所散发出来的清香。那些干枯的稻草，是一根根被抽干了血水的血管，成了季节的标本，昭示着收获之后的落寞。我用手摸了摸，稻叶依旧割手。我怀疑，这两个草垛里一定藏着农民的镰刀，那使它们趋向终结的武器。我围着草垛转了一圈，宛若一个农民围着粮仓转了一圈。我发现有的稻草上还残留着谷子，我摘下一粒，放进嘴里，满口生香。那颗谷粒被晒得很脆，我在咬的时候，仿佛咬着太阳的芒刺。这让我想起多年前，我跟着母亲去院坝里晒谷子。火辣辣的太阳照在地面，像是从天空倒下来的铁水，能把我光着的脚板烫出水泡。母亲用稻耙时而将谷子刮成垄，时而又将谷垄摊开，让骄阳把谷子晒干晒透。唯有如此，稻谷归仓后才不会发霉，打米时也才不会碎掉。那时，我对那一地金黄的稻谷分外着迷。我跟在母亲身后，在稻谷上踩来踩去。谷粒刺在脚板心上，痒痛难忍。母亲斥责我，让我一边玩儿去，可我就是舍不得那一片黄金地毯。我好希望那片地毯能够飞起来，把我卷到很远很远的地方去。可我越这么想，地毯越是飞不起来。我想是不是母亲踩住了地毯——她比我重，她不愿看到我的希望得以实现——她要留下我，陪她一起翻晒粮食，陪她一起播种和收割。直到后来我长大了一些，才发觉自己当时的想法多么荒唐可笑。这有点类似于被刈割之前的稻谷的想法，它们总希望借助一阵风，逃到很远很远的地方去，却最终被饥饿追踪并逮捕，关进了仓廪和肚腹。

我站在草垛前，有一种说不出的感伤。

这两个草垛都是乡村的物证。我靠在其中一个草垛上，望向天空，心里五味杂陈。我不知道这两个草垛是谁家的，现在村里已很少有人种田。家里没米吃了，一般都去镇上买。故当我看到这两个草垛时，就像看到两个旧时代的物件那么稀罕。

在过去，草垛可是每家每户的宝贝。农民铺床要用它——稻草铺的床睡着软和、耐寒。哪怕夜里做梦，都有稻花的味道。盖房也用稻草——它既不怕雨淋，也不怕日晒。稻草还可以搓成绳子来做背篼索，也可以铡成草节和在稀泥里用来夹墙壁。最为重要的用途，是供耕牛过冬的口粮。每到冬季，牛便开始挑食。野外天寒地冻，养牛人也都懒得上坡割草。况且，有些草牛一吃进肚子就拉稀，不敢随便割。在冬天，牛最爱吃的食物有两种，一是竹叶，再就是干稻草。而割竹叶又特别费劲，先要用钩子把竹子钩住才方便割叶。这是个力气活儿，一般需要两个人合力完成。割一背篼竹叶，会把人冻得全身发抖。如此一来，为图省事，各家各户都会码放好几个草垛。待到入冬之后，每天跑去草垛上扯回几把谷草朝牛圈一扔，就会把牛养得膘肥体壮。

可我好多年都没看到过耕牛了。我的家乡早已无地可耕，良田也都长满荒草。我靠在草垛上，任凭悲伤如潮水般将我淹没。

我突然觉得，这两个草垛是两个墓穴——这墓穴里埋着农民的汗水和眼泪，埋着夏季的金黄和冬季的苍凉，埋着村落的往事和劳作的创伤，埋着谷粒的童话和大地的哀悼……

我抽了几根稻草，想带走做个纪念。刚转身，却看见村里的王婆婆朝草垛走来。原来，这两个草垛都是她的。听她说，这是今年春，她恳求在外打工的儿子回乡种的稻谷。她需要这些稻草来替人打草鞋，每双草鞋能卖十五块钱。这是王婆婆唯一的经济收入。她这会儿就是来抱稻草回家打鞋的。王婆婆的话让我疑窦丛生，我问："现在还有人穿草鞋吗？"她说："活人谁穿，我是专给死人打的。"我这才想起，按家乡风俗，凡人过世，都要随葬一双草鞋的。而且，帮忙抬棺的人，孝子也得赠送一双草鞋。

这大概便是草垛存在的最后的价值了。

荒　园

叔公死后，剩下叔婆一个人守着院子。每天晚上，叔婆都要端个板凳，坐在屋檐下跟死去的叔公说话。叔公的坟垒在离家不到十米的地方，那是叔公生前自己挑选的——他不想离家太远，他说自己身子骨弱，怕回家来串门不方便。他有哮喘病，走几步路就气喘，心发慌，他担心自己还没走到家就倒在半路上了。在叔公的意识里，即使人死了，魂魄也还活着——魂魄会从坟堆里钻出来，寻找回家的路。

我不知道魂魄到底长什么样子，只听叔婆说她见过。在叔婆的形容里，魂魄像蝴蝶一样可以飞，像蚂蚁一样可以爬，像蝈蝈一样可以叫，像鱼一样可以游……我问她，你说的是叔公的魂魄吗？她没有正面回答我，她不喜欢将晚年的心思泄露给别人。但我分明能感觉到，她在与我叔公的魂魄约会。

冬季的夜晚，天寂地静。叔婆坐在屋檐下，煨着一盆火。暗红的火光映在她清瘦的脸上，像一幅陈旧的版画。我劝她去屋里坐，不然会被寒气冻伤。她不听，还要坚持再坐坐。她说还有几句话没跟叔公聊完。叔婆的话让我脊背发麻。我抬眼望着不远处叔公的坟堆，坟堆上荒草凄凄，在暗夜里透出一股阴气。

我尽量找话跟叔婆谈，以使她的精神世界不至于老是被叔公所占据。可无论我说什么，她都置若罔闻。她只活在自己的世界里——在这个世界里，永远只有她和叔公两个人。我怕她冷，起身进屋去拿了件棉衣出来给她披上。叔婆一把就将棉衣推开了，她说叔公刚刚才给她加了件衣裳。

夜越来越深，越来越凉。我见火盆里的火炭快要化成灰烬了，想再给她加一些木炭，但终究还是放弃了。我怕一加炭，她就会坐到天亮。那样的话，如果叔公的魂魄真的就在这个院子周围游荡，他一定会责怪我这个当晚辈的没能照顾好自己的长辈。况且，哪怕我加再多的炭火，也烤不热叔婆那冰凉的骨头，以及比骨头还要冰凉的苍老的心。

我的叔公死去已经整整三年了。在这三年中，叔婆已经习惯了成为一个守夜人。只要天不下雨，村人们准会看见叔婆在入夜后的院坝里漫步，嘴里喃喃自语。走着走着，那院坝里的野草就长高了——跟叔公坟堆上的野草一样高。若走累了，她就会像今夜般坐在屋檐下，望着暗黑的夜空冥想。

在冥想中，时间悄悄地流逝——她深刻地感受到了时间的荒寒和活着的孤寂。有那么几次，叔婆在院坝里走迷了路。她跟着叔公的魂魄一路前行，走过了清明和谷雨，走过了惊蛰和秋分，走过了芒种和白露，直走到霜降和立冬，最终在走到大寒时忘记了归途。她就那么在大寒地带徘徊。她想了很多办法试图重新返回小院，可越想，道路越模糊，歧路也越多。她不知道自己的脚该踏上哪一条路。她问叔公的魂魄，希望它能领她找到回家的路。但叔公的魂魄好像喝醉了酒，哮喘得厉害。叔婆怀疑是叔公故意的——他不希望她再活着回去，他担心叔婆一个人在人间受苦。

后来，叔婆还是说服了叔公。她说，如果自己不回去，那叔公生前辛辛苦苦建造的那个小院就要荒废了，这是叔公临终时最为挂怀的一件事。就这样，叔婆从大寒地带走了回来。然而，自从那次迷路事件发生后，叔婆就再也没有看到过叔公的魂魄出现。根据叔婆的分析和猜测，之所以如此，一是叔公生气了，将魂魄躲藏了起来；二是叔公不想再来打扰叔婆的宁静，好让她一心一意地守护小院。

我不清楚叔婆的猜想对不对，我只看到坐在屋檐下的叔婆是寂寞的。她也许从来就没看到过叔公的魂魄，那不过是她自欺欺人的说辞——她一直在跟自己的影子说话，跟死去的另一个自己说话。

她只能以这种方式来证明自己还活着。

祭　桥

我从桥上走过的时候，天空正要下雨。它看我走得脚步凌乱，也就憋住一口气，到底没有把雨落下来。上天是仁慈的，我也是仁慈的。我从桥上走过，我怕踩疼桥，甚或会将桥的骨头踩碎，才走得那么小心翼翼。

我怀疑，这座桥是上帝的孤儿。

很早以前，桥就在那条河流边出现了。它存在的历史比这座村庄还要久远和漫长。那条河流不是很宽，水流也不太急。但只要水从桥洞下经过，都会伸出柔软的手抚摸桥基的两侧。时间长了，桥基就被水抚摸得光滑了，有的石墩还被水摸出了凹槽。但仔细看，又像是被发怒的水给狠狠地咬了几口——柔软的水，却长有坚硬的牙齿。

每天早晨、中午和傍晚，村人们都会不断地从桥上往返。他们的家大都建在桥的左边，可去地里干活却要到桥的右边去。太阳清早从桥的这边升起，傍晚会在桥的那边落下。这一升一落之间，中间横着隔代的光阴和蹉跎的岁月。

这座桥改变了村里不少的人和事物。

曾有一个外地姑娘过桥来到村中，成为某一家人的媳妇。多年之后，这个姑娘就变成了中年妇女，蹲在桥洞下洗衣裳。又过了若干年之后，昔日洗衣裳的妇女，转眼间竟变成了一个老太婆，站在桥洞下张着漏风的嘴嚯嚯地赶鸭子。村里还有一个小伙子，十几年前，他背着帆布包从桥上离开村庄。几十年之后,他满脸沧桑地归来,站在桥上的他已然认不出当年的自己。他沉默着，桥也沉默着，唯有桥下的河水汩水长流。

我每次从这座老桥上走过，都像是在穿越一个梦境——这梦境有月光和星斗，也有风雨和洪流。

桥的旁边，有一棵黄葛树。树龄很老了，粗壮的树干桥墩一样粗。每到夏天，村里人都喜欢跑到树底下来乘凉。坐在桥边的条石上，仰望满天星宿，清风裹着黄葛兰的淡香扑鼻而来——夜是那样的静谧，整个村子只剩了树叶微弱的窸窣。

然而，现在是冬天，树下没有一个乘凉的人。我独自坐在老桥上，像是独自坐在时间的某一个刻度上。我在这个刻度上辨认我的村庄，也辨认我记忆中的往事。黄昏模糊我的视线，但我还是看清了我出生的村庄的样子——它的每一个角落，每一条土路，每一个烟囱和每一扇木门我都熟悉。我闭着眼睛，顺着风的方向，就能嗅出它们散发出来的气息。只是，如今的村庄跟过去相比，房子越建越漂亮，却少了以往的热闹，多了孤寂和忧伤。

唯一让我深感慰藉的是，那棵黄葛树上村人们挂的红还在晚风中飘，这暗示着村庄尚有人烟。按村里过去的风俗，谁家生了小孩，都会在桥边的树上挂根红布条，替孩子求个吉兆。我在这个布满寒气的日暮，能够看到树上挂的红布条在闪着刺眼的光，这或多或少可以照亮我内心的黯淡。

我在桥上坐到很晚才回屋。要不是寒冷使我的身体瑟瑟发抖，我真想一直这么坐下去，坐到第二天黎明。我想亲眼看一看我那空寂的村庄是怎么迎接日出的。我也很想看看，一座伤痕累累的老桥是如何抵御长夜的孤寂和寒冬的严霜的。

遗憾的是，我想看的都没能看到。我看到的是翌日上午，一户办丧事的人家正抬着亡人从桥上经过。那个躺在棺材里的人，是村里的王炳彪——一个耄耋老人。几天前，他从镇上扛着一袋大米回家。路过老桥时，想放下大米歇口气，谁知米袋没放稳，王大爷俯身去抓，人和米袋一起滚下去——祭桥了。

唢呐声声，宛如流水发出的呜咽；纸幡扬扬，仿佛季节凋零的鳞片。

一座老桥，正在经历一场冬日里的悲伤。

时　光

隆冬的一个下午，我跟随母亲走在一条荒寂的土地上。我们要去另一个村子，看望我那病重的大舅。母亲手里提着一篮子水果，有香蕉和葡萄，桂圆和蜜柚。我主动提出帮母亲提篮子，被她拒绝了。只有亲自提，她的心才是踏实的。我明白，这篮子里装着的除了水果，还有一份祈祷和祝福。

郊野的一切都静寂着。路两边的不少树都光着枝杈，硬硬地刺向灰濛的天幕。或许是天太冷，田地里不见有劳动的人影。唯有两只鸟雀停在左前方的一棵倾斜的柏树上，交头接耳地谈论着一些关于这个冬天的话题。看它们那严肃的模样，俨然两个自然界的哲学家在做着天问般的沉思。

我和母亲谁都没有说一句话。我们就那样缓缓地走着，耳边依稀听到远处的风响。我总觉得那风响是从我大舅的喉管里发出的苟延残喘的声音，在整个旷野上空回荡。这声响比冬天更冷，也更具感染力和破坏力——它至少严重扰乱了我母亲内心的宁静和宁静的晚景。

我不记得到底有多久没去过大舅家了。这些年来，很多亲戚我都疏于联络和走动。是没时间吗？也不全是。我每天都起早睡晚，把自己搞得像个旋转的陀螺，一副意气风发的派头。可一旦旋转的陀螺停下来，我又会感到十足的空虚。我真的不知道自己都在忙些啥，我的时间都去了哪儿。有时候，遇到逢年过节，心里也会想到给亲戚打个电话，问候寒暄几句。但念头刚起，忽又忘记——像冬风里的一片树叶，原本想寻找春天，却转瞬恋上了飘零。

大舅的房子还是那么简陋，跟我记忆中的丝毫不差。时间可以改变许多事情，时间又会定格许多事情。他家的那几根梁柱上，照旧挂满了蜘蛛网；院坝里的石板上，照旧铺满了青苔。尤其那堵泛黄而粗粝的土墙，照旧稳固地歪斜着——任凭夜风吹了几十年，也没能将墙体扶正。

母亲一进门，还没放下篮子就哭。大舅躺在床上孤苦伶仃的样子，使她的情感防线彻底崩溃。母亲靠近床沿，抓起大舅枯瘦如柴的手指，宛如抓起自己的几根肋骨。他们身上的痛是一体的——大舅的衰老也是母亲的衰老——他们是同一棵树上的两个果实。我待在旁边，默坐着，心里五味杂陈，像一个不谙世事的孩童，坐在树下望着树上的果实遥想成熟的秋天。

然而，这毕竟是冬季。我的大舅早已度过了他人生的金秋，正在经受寒冬的考验。我和母亲都希望他能平安过冬。大舅已经形销骨立，嘴巴不再能开口说话，连身边最亲近的人都不认识了。母亲轻声地喊他的名字，他没有任何回应，似乎他已经从记忆里将这个妹妹清除干净了——这个尘世对他来说，一切都是陌生的，一切都是幻影。他像冬天的雾霭，游离在空气中，最终形成一层薄薄的膜，把自己隔离起来，试图团住体内那最后的一丝温度。

母亲想帮帮大舅，吩咐我去烧点热水来给大舅烫脚。我去屋外搂了一捆干柴进到灶房，却找不到一根可以划燃的火柴——那盒放在灶沿上的火柴已被从房顶漏下的雨水湿透。我坐在灶门前，望着灶间冷却的灰烬发出失望的叹息。俄顷，我猛然想起，大舅好几天都没吃东西了——他的体内只剩下饥饿和病痛——他今生最大的财富，便是他那一世的贫穷。

想到这，我心里有种说不出的难过。

我起身从灶房走到外面去，天色愈加黯淡了。寒气陡升，我看见那寒气积聚在院子周围的荒草上，也积聚在屋顶的青瓦上，积聚在大舅那苍白的脸庞上、眉毛上、眼珠上、嘴唇上、耳朵上、牙齿上、心脏上、呼吸上、意念上、挣扎上、纠结上、孤寂上、落寞上、凋零上、残损上、尖锐上、黑暗上、凄凉上、疼痛上、分割上、碎裂上、幻灭上、福祉上、极乐上、超度上、涅槃上、天堂上……

就这样，我看见寒冷缓慢地快速地结束了一个冬季和一个人的剩余时光。

北 风

北风是一只寒冷的鸟。

我最早感知到它，是在几天前的一个下午。我去野外看一棵快要枯死的树。那是一棵楠树，生长了许多年，历经数度寒暑。可现在它却停止了生长，我不知道它是厌倦了土地，还是厌倦了生长本身。我很心疼那棵树，替它惋惜。在南方，楠树算是比较名贵的树种了。它若死去，不止是我们的损失，更是旷野和大地的损失。我去看它，是希望它能活下来。我早已在心中默默地替这棵树祈祷了无数遍。我希望我的祈祷能给一棵行将就木的树加持，让它平安度过一个冬天。然而，令我没想到的是，在我去看这棵楠树之前，北风就早已盯上它了，像一只饥饿的鸟盯上了它所热爱的食物。

我先是看到树皮发灰发暗，继而发现树叶开始泛黄。我走进树身，用手摸了摸树干，我感觉到树在瑟瑟发抖。北风一阵一阵吹来，呼呼地响，那响声尖利而细长。我又将耳朵贴于树干，我听见有呻吟声从树的体内传出来——那呻吟时高时低，时缓时急，好似有一种痛在围绕树的年轮转圈。痛每转动一圈，北风就扔出一把刀子，割下一片树叶。那一片又一片树叶下坠的过程是冷寂而凄凉的，它们是一棵树最先死去的部分。也有不认命的树叶，它们脱离树体后，并不急于坠落地面，而是在空中飘来飘去，梦想在与北风的对抗中重新返回枝干。可树叶实在是太弱小了，它们刚一飘飞，就被北风裹挟着刮向了远处，让一片落叶永远无法再归根——这是北风对抗拒自己意志的叶片最为残酷的惩罚。尽管如此，仍然有树叶前赴后继地与北风进行抗争。它们宁可永不归乡，也要与自然界的强者一决雌雄。我站在树下，看到脆弱的叶片和强悍的北风那力量悬殊的搏斗，不禁眼眶泛潮。我很想跑去远处，把被北风刮走的落叶捡回来，安放在树根底部。但北风委实太厉害了，我刚想挪步，它就朝我扔刀子，它阻止我去帮助落叶归根。我只好再次站定，把树抱紧，像树把自己的疼痛抱紧。

北风依旧在呜呜地刮，它似乎要赶在冬季结束之前，刮掉树上的最后一片叶子。这让我想到村里前不久死去的那位盲人，他也是在北风的吹拂下死去的。他在死之前，也是北风用刀子剃光了他头上的最后一根毛发。

这个盲人生前的命运，酷似这棵楠树，一辈子孤苦伶仃。他还很年轻的时候，北风就钻进了他的体内，陪他四处流浪——到河南拉过板车，去山西挖过煤炭，到新疆摘过棉花，去拉萨修过铁路……那时候，他把北风当作自己唯一的朋友。他误以为凭借北风，便可御风而行，笑傲江湖，四海为家。直至在光阴的嬗变中马齿徒增，他才慢慢地感受到北风对自己构成的伤害和威胁——北风先是吹瘸了他的一条腿，再是吹坏了他的两根手指；继而吹聋了他的一只耳朵，又吹瞎了他的左眼和右眼。越到后来，北风毫不留情地穿过他的皮肉，直抵他的五脏六腑，最终把他吹死在家中的土墙角落。就这样还不算完，盲人死后，北风仍不停地在吹，直到把盲人的尸体吹裂，骨架吹垮，灵魂吹散——它试图抹去一个曾经活过的人留在大地上的任何痕迹。

如今，盲人早已灰飞烟灭，北风只好将精力用来对付一棵树。在北风眼里，树比人活得长久——人是这个世界上最卑微最脆弱的物种。它不想再把精力耗在最容易对付的人身上，那丝毫不具有挑战性，也不具有挑战的快感。它需要挑战那些比人更耐活的生物，于是它表现出对一棵树死缠烂打的兴趣和决心。北风深信，天地之间，就没有它无法打败的生命。

整个冬天，北风都在寻找对手。它打败了盲人，又即将打败我眼前的这棵树。待这棵树彻底枯死后，它或许还会去挑战一块石头、一条流水、一片泥土、一段时光……直到只剩下北风自己，在旷野里奔跑和哭泣。

只是到那时，我不知道北风那哭泣的眼泪，有没有一滴是专为一棵枯死的树，或一个受尽凌辱后死去的盲人而流的。

晚　钟

整个晚冬，那两扇木门都关闭着，落满了灰尘。风从门上的洞孔钻进钻出，没有一点声响，那是冬季无法言说的哀伤。门框两侧，贴着一副去岁的春联——上联的汉字早已被寒冷盗走，横批也不见了踪影，唯剩下联的最末两个字还在。那两个字，一个是乾，一个是坤。我从乾坤间走过，竟莫名地想起一些往事和逝去的光阴，以及躲藏在往事和光阴里的一个孤寂的人。现今，往事已如候鸟般走远，光阴也如花朵般凋零，只有那个孤寂的人还在。他终日被那两扇木门关闭着，坐倚窗前，望向窗外的冬天——冬天里的雪花和田野，山峦和树木。他不悲也不喜，不苦也不乐。他的内心既没有黑暗，也没有光明。哪怕雪花纷纷扬扬地从空中坠落，又静静地飘过他的窗前，他也漠不关心。他本身即是季节堆出的一个雪人。他的存在，只为装扮一个反复来临的寒冬。曾经，他也有过一个梦想——希望乾坤间能等来一场大太阳，将他彻底融化掉——连同他的皮肉和灵魂，乃至遗骨都不剩。然而，他的梦想未能实现。他的窗户挂满冰凌，宛如十字架上挂满血水。他已在逐梦的过程中成了季节的标本。

记得那年冬天的傍晚，我从他的木窗前走过。下了几天几夜的雪停了，没有再飘。雪去了很远的地方，变成了另外的水和冰。我看见他的目光像灶间的两朵火焰，在窗棂背后忽闪忽灭。我以为他要借助燃烧，给自己一点温暖。可那火光瞬间就熄灭了，只剩下火焰的灰烬，粘在他的眼睫毛上，像一层看不清的云雾。我忍受着一切，忍受着那个冬季带给我的沉默。我站在离他不远的地方，很想走过去，对他说点什么——比如说说这个冬天的短暂和永恒，说说屋顶上升起的炊烟和不知是谁留在雪地上的脚印，但最终我还是放弃了这个想法。他的目光告诉我，他是一个不会言语的人。从小到大，他都没有开口说过一句话。

他似乎也不屑于跟任何人说话，包括将他引领到这个世界上来的人——这个世界对他来说是陌生的——他对陌生的世界总是充满了恐惧和警惕。

他今生最信赖的邻居是风和雨，如果他高兴了，风会把他刮到旷野，随一棵芦苇摇曳，或将他刮向一片果园，随桃花盛开。如果他沮丧了，雨会带他去池塘边听蛙鸣，或领他去河岸上听涛声……唯有在风和雨的陪伴下，他的世界才是完整的。我没有看到过他在风中奔跑，或在雨中蹒跚的样子——我看到的他，不是坐在窗前，就是躲在门后。

有时他也会从窗户爬出来，在院子中走来走去。从暮色初降走到翌日黎明，又从黎明走到月明星稀。有许多次，我从他的世界路过，我看到他把自己走成了一匹瘦马，这匹马掉光了鬃毛，老得像一个岁月的影子。我不知道他在院子里都走过哪些泥泞和坑洼，那个院子很潮湿，长满了青苔，他的脚印也长满了青苔。但我猜想他一定走过很长很长的路，去过很远很远的地方。那些地方，或许他也不知道是哪里。他有时是跟着一片雪花去的，有时是跟着一缕炊烟去的，有时是跟着一阵风去的，有时是跟着一场雨去的。他需要把自己放逐一次。

大概是去年吧，他还把自己走丢了。有好长一段时间，那扇窗都开着，两扇木门也开着，唯独不见他的身影。没有人知道他去了哪里，也没有人去关心他的下落，只有我偶尔还会想起他。有一次，我趁大家都躲在屋内烤火的时候，偷偷地跑去把他的窗和木门掩上了。我相信他会回来的。可那窗和木门实在太破了，我刚转身，又被风给吹开。我再次掩上，风再次吹开。我感到心酸和寒凉。我担心他还没有找到回家的路，家就早被风刮走，或被大雪给覆盖了。倘若那样的话，他就是真正的失踪者了。

好在，就在那个冬天快过完的时候，他终于回来了。他满脸胡子拉碴，被西风裹着在走，像一件旧衣裳在飘。他的肉体、骨头和魂魄，都在归家途中破碎掉了。

他回来后，我以为他会换个活法，至少把残破的窗户和木门修一修。谁知，他彻底封闭了自己。整天都坐在窗前，饭也不吃，水也不喝，只把头垂在窗台上，发出不同程度的呻吟。

他的呻吟，是冬季最后的晚钟。

树　佛

他从家里走出来，走向那片不算大也不算繁茂的林子。他第一次去林子的时候，那林子还不是林子，只有矮矮的几株小树苗——四株，还是六株，他记不大清了。那时候，他也还是个孩子，跟树苗一样年轻，但他认得出其中有松树和柏树。剩下的几株，他叫不上名字。他曾想搞清楚那到底是几株什么树，还问过村里年龄比他大的人，也没能获得准确的答案。有人说那是许愿树，也有人说那是月亮树，还有人说那是彼岸树。他越听越糊涂，后来就干脆不再去想了，只每天跑去树底下坐一坐，或转一转。渐渐地，那些树也把他认熟了。要是哪天他生了病，或情绪不好没有去看树，树就会闯入他的梦中，向他表达思念之情。

每每遇到这种情况，他第二天起床后做的第一件事，就是跑去向树道歉。树只要看到他打着赤脚来向自己谢罪的样子就很自责，认为不该去搅扰一个贫穷的孩子的清梦。树知道这个孩子过得很艰难，心里装满了愁绪。他住的房子是村子里最破旧的，泥巴做的墙壁裂开了缝，屋顶上盖的茅草经常被风卷走。室内只有一张床、两把椅子、三个碗和四双筷子。床是石头垒砌的。椅子是祖上留下来的。碗有一个是他的，另外两个是爷爷和奶奶的。筷子他们三个人一人一双，余下的一双是他亲手用竹签子做的。逢年过节，他都会用这双筷子来祭奠他那死去的母亲——他担心母亲在阴间没有筷子，会抢不到饭吃。他曾多次在睡梦中看到母亲蓬头垢面地来找他，向他伸手讨要一双筷子。他母亲说，没有筷子，会被小鬼看不起——他的母亲是被饿死的——活着时缺一双筷子，死了还是缺一双筷子。

树想帮帮这个孩子，一直在拼命地生长。它们想等自己长粗长壮了，就让孩子砍回去做房梁，重新把屋子修葺修葺。孩子大概看懂了树们的心思，每次去都给树们一个拥抱，磕一个头，

钩与岩石

下一次跪。树不想孩子活得太沉重，希望他快乐一点，就请来各种鸟雀给他唱歌。孩子记得很清楚，树先后给他请来过画眉、斑鸠、麻雀、大山雀。树本来还想请来些嗓音更优美的鸟儿，可它们太金贵了，树请不起——树跟孩子一样，都生长在贫瘠的土地上。但孩子已经感到很满足——他在画眉的歌声里步入过春天，看到过野花开满山坡的景象。那些野花红红绿绿，很像他梦想中的颜色；他在斑鸠的歌声里步入过夏天，看到过金色的麦浪滚过田畴的壮阔。他被麦浪包裹着，遍地飘满了麦香。他在麻雀的歌声里步入过秋天，看到过果实缀满枝头的丰硕。他站在果树下，站成了秋天里的阳光。他在大山雀的歌声里步入过冬天，看到过白雪覆盖山野的苍茫。他在雪地里撒野，奔向山野之外的远方。

这一晃多少年过去，那些树早已长到了可以做房梁的年轮。那个孤独的孩子也早已人到中年，但他没有把树砍回去——他仍然跟当年一样贫穷——他住的屋子仍然跟当年一样破旧，甚至越来越破旧。树曾多次跑去梦中央求他将自己伐倒，他被树感动得泪水滂沱。有好几次，他也的确提着生锈的斧子去了树林，但从来没有举起斧子砍过。他只要一动砍树的念头，耳边就会响起画眉、斑鸠、麻雀和大山雀的歌唱声。他在歌唱声中如痴如醉，他也在歌唱声中长声哭泣——他知道自己很穷，他更知道再穷的人也不能忘恩负义。

树想帮帮这个中年男人，知道他下不了手，就不断地在周围长出新的树木。它们在风中长，在雨中长，在日光下长，在暗夜里长。它们生长的速度跟这个男人衰老的速度一样快。短短几年过去，一片林子形成了，翠绿的伞盖像一个大大的绿太阳。树们想，既然他不愿砍伐自己去建房，那就让他住进树林里来，由它们来替他遮风挡雨。

他很听话，他不想辜负树们的爱心。在一天黄昏将尽的时候，他果断地走进了树林，再也没有走出来——他很高兴，终于有了自己的新房子。而且，他还把爷爷和奶奶的尸骨安放在了树林里——他要让每一棵树都成为死去的人的墓碑。

他住进去没多久，林子里就出现了一个垂暮的老人——老人瞬间变白的头发，既是黑暗中的一道道闪电，又是从墓碑上生长出的常春藤。

天　问

太阳就要落山了。他从家里走出来——他是一个老人，也是一个孩子。他有许多问题需要得到解答——这些问题困扰了他的一生。他想把它们弄明白——那些问题既简单又复杂。

他先是来到一棵树下。那棵树就生长在他的房屋旁。他不明白那棵树为何一直站在那里不走。无论白天还是黑夜，春秋还是冬夏，它都安静地站着。当村里一个又一个的人都先后走了——有的去了远方，有的去了西方，那棵树为何就是不走？它是在等一片落叶，等一阵风，等一场雨，等一只鸟，等一次日出，等一夜星光，还是在等一个启示和召唤，等一回抗争和祈祷，等一次苏醒和复活？

他从树下走过，他绕过了树，却没有绕过困扰着他的问题。他来到一条河边。那是一条很长又很窄的河流——河里的水很浅又很清澈。他站在河流边，他看到自己的影子也跟着河水在流淌——流过了上游和下游，流过了村前和村后，流过了昨天和今天。他不明白这山中的河水要流到哪里去，是要流向地下，还是要流向天上。他看到河水越流越瘦，瘦得把骨骼都裸露了出来，伤疤也裸露了出来，最终只剩下一条贫瘠之躯。

他不想跟着河流跑，他把自己的影子打捞上岸，去到河对面的山丘。那座山丘不高也不矮，山的颜色不黄也不绿。很多次，他都想翻越这座山丘，但一次都没成功。他不明白这座山丘为何要阻止他翻越，既不给他留一条上山的路，又不给他翻山的勇气。他站在山脚下，垂头丧气，像一个追赶时间的人终于被时间打败。

他返回身，朝家的方向走。他意识到家已经离自己越来越远了，他必须要赶在太阳落山之前回去。他凭借记忆按照来时的路往回走，他想再次经过那条河流，那棵树，可他走了很久都没有找到——他怀疑自己迷路了——他有些心焦——他不停地朝回走。在路过一个转角时，他看见一片草地。他低下头，把嘴贴近草的耳朵。他想问问草，他的家在哪里，该怎么走？草摇摇头，对他爱理不理。他只好跟草跪下来，让草爬上他的膝盖和头顶——他不明白那些荒草为何如此傲慢，非要把一个人掩埋了，才肯告诉他回家的路在哪里。

他沿着荒草蔓延的方向继续朝前走。他走一步，荒草就长出一寸。他不敢走太快，太快了，他就会把自己走成一根草。他小心翼翼，尽量把长出的草踩下去。他希望自己走过的地方能出现一条路，他希望把这条路留给后来那些迷路的人。

太阳就要落山了，他在荒草中孤独地走着。他听见草丛里有蛐蛐的叫声，那叫声嘶哑，不很明亮，发了霉似的。他想蹲下来，问蛐蛐几个问题——他想问那些被草覆盖的良田是怎么荒芜的？良田上的高粱和大豆被秋风的手摘去了哪里？那一朵一朵的向日葵的笑脸被谁给盗了去？那张插在良田上的犁铧被谁的记忆收藏？那些金黄色的稻子和小麦被谁关进了粮仓？那些滚过田野上的童谣还在谁的口中传唱？那些被太阳晒成古铜色的庄稼人如今都去了哪里？那一把把铮亮的弯镰现在还挂在谁家的墙壁？……

他还想问蛐蛐更多的问题。可他还没蹲下身，蛐蛐就禁声了。蛐蛐知道他要问什么。在他尚未到来之前，就已经有很多人问过蛐蛐了。那些先来的人问的问题，跟他的问题一样多，一样复杂，又一样简单。蛐蛐的声音就是在回答人的提问中变得嘶哑的——它不想再回答任何人的提问——有些问题，它也回答不了。它只是一只蛐蛐，一只荒草丛中的蛐蛐。它没有能力去解答那些天问式的问题，它只能保持沉默——它的沉默是另一个问题，永远解答不了的问题。

他直起身，朝家的方向走。他决心要走出这片草地。他发誓要找到来时看见的那条河流、那棵树。他还要继续问它们很多的问题。他的行走和发问都显得有些悲壮，有些义不容辞，有些责无旁贷。

太阳就要落山了。他想把有些问题弄明白。

他是一个孩子，也是一个老人。

转　生

她不再相信任何人，就像不再相信她那夭折的孩子还会活过来。

还有几天，这个冬天就过完了，可她的冬天才刚刚来临。她以前虽也经历过无数个冬天，但这个冬天跟以往任何一个冬天都不同。她以前的冬天里有火和光，有温暖和美好，有期望和憧憬——而她现在的冬天里只有风和雨，只有雪和冰，只有死亡和幻灭。这一切，都因为她的孩子死了，一出生就死了。她原以为，她怀的是一棵树，或一朵花；现在她才知道，她怀的是一片雪，刚落到地面就融化了——她再也看不到他了。他向她走来的那一刻，就在逐渐远离她。

生长也是埋葬。

这是一个无比漫长的冬天，这是一个无比难熬的冬天。她抱着她那已经死去的孩子，在雪地里踽踽地走着。她不清楚自己要到哪里去，四野都被白雪覆盖了。她深一脚浅一脚地走着，雪花有一阵没一阵地飘着。她或许是想找个能够避风的地方——山洼或者河湾，把孩子掩埋了；又或者就那么将孩子抱着，一直走下去，走到地的尽头、天的尽头、时间的尽头。在这个世界上，她再也没有牵挂了，也不再牵挂任何人——她的活着都被死亡带走了，正如她的黑夜都被白雪带走了，她的春季都被冬季带走了。

她不再相信任何人，尽管她还那么年轻——她今年只有二十八岁，刚从一个遥远的城市回到故乡。她已经十多年没有回过故乡了。十多年前，她因逃避一场命定的婚姻，逃避一个她不爱的比他大十多岁的男人，逃避她改变不了的贫穷和自卑，在一个飘着大雪的除夕之夜，她从故乡逃了出去，雪地上没有留下她的脚印。她把自己掩藏了起来，也把雪和泥土收藏在了记忆中。她发誓要老死异乡，她心甘情愿做一个异乡的孤魂野鬼，但最终她还是回到了故乡。这倒不是她想家了，也不是她后悔了——她只是想给肚子里的孩子找一个安全的出生地。她不希望这个没有父亲的孩子出生后遭受他人的羞辱，也不希望这个孩子今后会活得如她一般艰难。她想在故乡尽快找一个男人结婚。她想尽快给肚子里的孩子找到一个爸爸。然而，她的想法落空了——她的故乡并没因她的回乡而充满阳光——她日趋苍老的父母也没有因她的归来而充满喜悦，表情仍跟他逃离后一样平静和淡定。

那段时间，她天天跪在父母跟前，磕头，哭诉，忏悔，央求他们能够接纳她，原谅她，帮帮她。他的父亲躺在床上，不停地咳嗽——他父亲的咳嗽是一场接一场的地震。她的母亲坐在灶门口，不断地落泪——她母亲的泪水是她的一条倒流河。她知道父母帮不了她。她又开始挺着个大肚子，天天在村中东奔西走。她渴望遇到一个可怜她的男人将她领回家。她从村西边找到村东边，从村南边找到村北边，都没有找到一个年轻的男子。他们跟她一样，早在多年前，就陆续从村庄逃了出去，再也没有回来。

只有一天中午，从邻村来了一个瘸腿男人，说是听人介绍想来见见她——她高兴得眼泪滂沱。可那男人瞧了瞧她高高隆起的肚子，就背转身一瘸一瘸地走了。她跟着男人追出老远，嘴里哀求式地喊："大哥……大哥……"那男人还是没有回头——她感觉天都塌了——她的故乡成了她新的异乡。

她不再相信任何人，包括她自己。她对故乡的一切都感到陌生，就像她对城市的一切感到陌生一样。但她仍然在替自己祈祷——只要孩子能够平安降生，以后的事情她都没有精力去想了。然而，这个肚子里的孩子很理解她的母亲——他大概是不想让她的母亲为难和受伤吧，在这个冬天行将过去的时候，他也跟着冬天走了，只把寒冷留给了她母亲一个人。

她抱着死去的孩子在雪地上深一脚浅一脚地走着，她不清楚自己要到哪里去，她也不清楚冬天过后还有没有春天——她就那么将孩子抱着，走向地的尽头、天的尽头、时间的尽头。

朝　霞

夏天了，气温陡然升高。

早晨起床，朝霞洒满大地，使院门前的树木全都反射出光彩。我围着院子走了一圈，发现地面的石板上和房屋的墙壁上也都光彩熠熠，像是被涂抹了胭脂，又似铺了新娘的红盖头，洋溢着喜庆的氛围。

有几只虫子，在草叶上活动筋骨，练习空翻。我轻缓地靠近细看，是蚂蚱——它们穿着翠绿的薄衫，弓起强有力的后腿，像几个自然界的舞蹈演员在进行彩排，又似几个来自昆虫界的武生在登台表演——它们以这种方式迎接夏季的到来。

村庄还是那么寂静——寂静得有些虚幻。那些破落的房子迎接过风，迎接过雨，迎接过日，迎接过夜；迎接过秋的荒凉，冬的阴湿，春的明媚——现在，又该轮到迎接夏的聒噪了，但它们貌似已对此仪式失去了兴趣。墙皮灰颓着，几根椽子把头露出青瓦之外，却无力刺向苍穹。一只不知名的鸟雀飞来，呆头呆脑地停留在椽头，沉默着，不叫，不喊，不喜，不悲。霞光笼罩着它，它的身子和身子散发出来的寂寞，全都被镀了金。

大约一刻钟过去，朝霞的光线变细了，仿佛有一根一根的线，从天空中那个红润的圆盘分散开来，在大地上刺绣。我看见有一个老人肩挑一副水桶，从刺绣里走出，径直朝村头的水井挪步。他的背驼着——两个水桶像两块石头压着他——他每挪动一步，都那么费力。我静静地跟在他身后，朝霞也跟在他身后。我不知道该怎么帮他，我望了望朝霞——朝霞红着脸，继续放它的线团，刺它的绣。我猜不透，它到底要绣出一个怎样美满的人间。

水井是很古老的了。或许还没有这个村子的时候，它就已经存在。村子里的人们想必正是因了这股水源，才在这里建房筑屋，安家落户，繁衍子嗣。那么，那个老人应是这个村子里的第多少代后人呢？没有谁知晓——唯有那口井明白，但它不开口说话，永远沉默着，只用圆圆的井口收藏着往昔光阴。

老人好不容易移到井边，吃力地放下水桶，将一只桶用绳子挂在一根长长的竹竿上，伸进古井里提水。那根竹竿快要完全插入井里了，也不见老人将盛着水的桶提上来。他反复试了几次，我隐隐听见水桶碰撞井壁的咚咚声，闷闷地像从地心深处传来。老人好似也听到了这声音的召唤，把原本就驼着的背驼得更低，险些擦着井沿。我的心一阵紧缩，担心他掉落深井。我本能地想跑过去帮他一把，又见他慢慢挺起了腰杆，摇摇晃晃地拖动竹竿。终于，一桶满满的水荡漾着被提出了井口。那一刻，霞光停止了刺绣，跟着水花泼了一地。我看见那些水滴在古井周围滚动，宛如老人额头滚动的汗珠。

我依旧默默地看着老人，我不知道该怎么帮他。他这一生，可能都没有得到过别人的帮助，他也不需要别人的帮助。待他挑着两半桶水趔趔趄趄地离去后，我的心一如古井般悲凉，在这个红霞满天的清晨。我在井边蹲了下来，伸头朝黑咕隆咚的深井里瞅——我不确定这井里还有多少水。这个村子里的人，祖祖辈辈都吃这口井中的水，包括每家每户饲养的那些牲畜。

喝一口，井水就少一口，数十年过去，难道井水不干涸吗？你看，连前来挑水的人都老去了，井还能清澈如泉吗？

太阳越升越高，朝霞退去了，光线的刺绣也不见了踪影——我怀疑自己所见的一切都是幻象，但湿漉漉的井沿又确凿告诉我，有那么一个老人刚刚披着朝霞来过——他的疲惫的身影、衰弱的容颜、手腕的颤抖和骨节的刺痛……都装在这口幽深的井里。

井沿上，覆着一块血的天幕。

听　蝉

初夏，午睡后的时辰，总有蝉声从房屋周围的树丛里传出，吱哟吱哟的一片。先是其中的一只蝉领唱，接着东边的那只开始发声，西边的那只也赶紧跟上。唯独北边的一只，大约刚刚睡醒，见东西两边都有了动静，才懒洋洋地张开嘴，附和起来——那叫声明显有些干涩，像被唱针刮花的旧唱片发出的声响。最讨巧的，是南边的那只，它不知躲藏在哪一枚树叶底下，或爬在哪一棵沧桑的树干上，偶尔跟着大伙唱几句，荒腔跑调的，老是跟不上节奏。

苍黄的太阳像一块幕布，将村庄沉沉地盖住。热气四处流窜，仿佛谁在村子里放了一把大火，火焰刚刚被扑灭。石板铺设的路面依旧滚烫，脚踩在上面，有贴在热锅里的感觉。路两侧的树叶全都翻白，灰塌塌的，好似才被抽了脉血。娇嫩一些的树叶，如梨树、樱桃树、李子树的叶片大都卷了边——我总觉得这些叶片是一张张微型“情书”，上面写满了夏天的甜言蜜语，它们将叶边卷紧，其实是在替夏天保存爱的秘密。待到秋季来临，树叶飘零大地，夏天再借秋风这个邮递员之手，将“情书”打开，念给土地聆听，念给秋虫聆听，上演一幕又一幕跨季的恋情——而那些从盛夏过渡到金秋的树木，便只剩了回忆。

这么说来，夏天无疑是精明的，它老是在打秋天的主意。难怪那些蝉要声嘶力竭地鸣叫——它们是在集体戳穿夏天的谎言和心计吗?

我带着疑问，走出乡居的小屋，循着蝉鸣的方向走去。午后的一切都静默着，没有一个出地干活的人。我从南边走到北边，又从东边走到西边。我的耳膜被蝉声灌满。我很想破译它们的唱词，可这委实太复杂了。它们的语声被夏季加了密。我站在每一棵有蝉的树下静听，这些蝉十分警惕，我甫一靠近树，它们就瞬时噤声，好似早已接收到我要前来偷听的情报。汗液顺着我的脊背流淌，不多一会儿，我便离开了树丛，成了这个夏季的局外人。

蝉的一生是短暂的，往往夏天还没有过完，它们的生命就已告终结。想到这点，我莫名地心生悲戚。它们借助夏天存活，就像我的乡邻们借助村庄存活一样。这个村庄虽然贫穷，但却能生长五谷杂粮，养活一个个男女老幼——正如夏天虽然喧噪，布满谎言，却能给蝉活着的精彩和灿烂，梦想和欢愉。如此一想，我觉到我之前判断的失误。也许，蝉的嘶鸣并非是在跟夏天过不去，而是在表达感恩之情——它们在合唱一曲“生命颂”。

只是，这纯朴而热烈的“夏日恋曲”有几人能够听懂呢？每天午后，它们都在那儿不知疲倦地唱——生命不止，歌唱不息。

我或许是它们唯一的听众了。偌大一个村庄，已经没有多少人居住。因此，众蝉的声音才在午后显得那么悠长、静寂，类似绝响，悲壮之极。我拖着自己的影子，在有蝉鸣的午后，独自在田野踱步，我想起许许多多的事情——遥远的、眼前的、未来的……

我不知道，这些蝉还能叫多久；我也不知道，我的村庄还能存在多久。那一刻，我多么希望有一个人——熟识或陌生的人，陪我一起去田野里走走，听听蝉语。正这样渴念着，果然从田野那头走过来一个少年的身影——他个头不高，头发蓬乱，打着赤脚，裤管高绾，手里提着一个蛇皮编织袋。我好想跟他打声招呼，问个好，可他根本没正眼瞧我——他的目光一直在田野上那些高矮不一的橘子树上逡巡，酷似一个刚出道的植物学家在进行田野考察。我默默地看着他，原来他是在捡拾橘树上的蝉蜕，发现一个，朝袋子里放一个。这还不是捡拾蝉蜕的最佳时机，因此并没有多少蝉蜕可捡。他在田野上转悠了一个下午，也不见他手里的编织袋变得鼓起来。

我早就知道蝉蜕的药用价值，也早就知道每年夏季，村里的男女老少都有四处捡拾蝉蜕的习惯——可一个蝉蜕，能卖多少钱呢？

太阳逐渐偏向，仍有蝉伏在树丛中唱着颂歌。一个乡村少年，伫立于田野，侧耳听出了颂歌声里的死亡气息。

他麻木的脸上流露出一丝期待和微笑。

萤　火

有月色的夜。寂寞而高冷的星空。微风隐约吹来桂花和夜来香的气味，整个小院里都弥漫着馥郁的清香。我坐在一张旧藤椅上，默数天上晶亮的星宿和聆听墙缝里蛐蛐的叫声——那蛐蛐大概也是喜欢这夜晚的，它的叫声里充满了光亮。我用听觉追随它，又用想象描摹它，我决意要耗费掉今夜的大半时光，来捕捉这些来自夜间的精灵。

夜沉默不语，只有院落旁的一棵柑橘树，在风的抚摸下发出簌簌的细响。那棵树经历过无数的白天和黑夜，已经很老很老了——树干的左侧早就被虫蚁蛀空，露出一个不规则的洞穴。

每年春季，父亲都要在树干底部涂抹上一层厚厚的石灰，以防它继续遭受到虫蚁的蛀蚀，但这个方法并不怎么管用——那些虫蚁照例年年都会来啃噬一番，故那个洞穴每年都会增大一点点。我只要站在树下，我的耳朵就会听见树在喊疼。有一回，也是夜间，我从树底下经过，我感觉树在瑟瑟发抖。我紧紧地抱住树干，用身子贴住那个洞穴，想给树一点稀薄的温暖。可万万没有想到，我的举动却使树颤抖得越加厉害。我感到恐慌。夜依旧沉默不语。翌日清早，我从床上爬起来的第一件事，便是跑去院落旁察看那棵柑橘树。它的颤抖似乎平息了，满树都挂着小灯笼似的橘子。那个洞口濡湿，沾着一圈露珠。那时我便慨叹，一棵遍布伤痕的树，居然还能结出累累硕果！

今夜，我又看到了那棵树，它被时间镶嵌在黑夜里。月光照在树枝上，有一种朦胧的意境——只是我不敢再去看它那个大而深的伤口，我怕自己在夜色里哭泣，我怕自己的哭泣引起蛐蛐的伤悲。我的双手抓住藤椅的两边，想站立起来，却周身瘫软、疲惫。月色顿时昏暗起来，星星在天空眨着眼，它似乎看到了我的虚弱。我想抽一支烟。我的手在衣袋和裤袋里摸索好大一会儿，才猛然惊觉我已经戒烟许久了。于是，我又只好静静地坐在藤椅上，望着黑夜——望着黑夜里的柑橘树。

这样过了约莫一刻钟，夜仍旧静得出奇。是后半夜了，月色铺满小院，村子里的人全都进入了梦乡。我不晓得离天明还有多久，我就那样陪伴着月色，像月色陪伴着星辰。就在我也快躺在藤椅上睡着的时候，一个淡黄色的光源从我的眼前飞过，又在小院上空盘桓几圈后，落在了柑橘树的枝柯上。

我顿时睡意全无，起身朝柑橘树走去。那光源还在树的枝柯上闪烁。我知道，那个发光的小家伙就是萤火虫。我不记得有多少年没有看到过它的身影了。它的光柔和、暖黄，甚至透出几分古意。我目不转睛地盯着它看，我的心思也已经从对一棵树的冥想转到了对一条虫子的追忆。

我想起若干年前，一个穿着短裤和背心的乡村少年，在夏夜里追赶萤火虫的场景。那时的夏夜特别漫长，漫长得连月亮和繁星都失去了光泽。那个少年独自在田野里寻觅——揣着恐惧的心。他拨弄开那些掩住膝盖的荒草，渴望找到一只发光的虫子。他需要这种虫子。他将这种虫子称为从天空掉下来的“星星”。对于一个贫穷的孩子来说，星星就是他的钻石。后来，这个少年在一本书上看到，他所苦苦寻觅的虫子有个诗意的名字——萤火虫。那本书，他是躲在被窝里看的。给他的阅读以照明的，便是这尾部发光的夜虫。他将捉来的虫子全部装在一个玻璃瓶里。从此，这个少年的夜晚开始被荧光照亮。他不再寂寞，不再害怕黑暗。他爱上了书，爱上了阅读，爱上了夏夜，爱上了一种叫萤火虫的小飞虫。

光阴荏苒，转眼间，多少年过去了。曾经那个捉虫子的少年已经长大，到达中年，进入了生命的夏季。他时常在梦境中等待那只照亮过他童年的“萤火虫”，遗憾的是，那只虫子再也没有出现过。很多东西，一旦消逝就永远消失了。然则，在这个月色幽微的夏夜，那只发光的虫子重又出现了。他伏守在一棵生病的柑橘树上，像一盏光焰微弱的孤灯，唤醒着深黑的冷夜和冷夜过后即将到来的黎明。

麦 收

麦子熟了。金色铺满田园，风一吹，遍地黄金。蚱蜢是天生的淘金者，它们游走在麦丛里，东瞅瞅，西瞧瞧，一刁刁颗粒饱满的麦穗，早已撑破了蚱蜢的梦想。蜻蜓在麦田上空滑翔，阳光照射在它们那薄薄的羽翼上，像两片活动着的屏风。这个季节的蜻蜓常见的有两种，一种是红蜻蜓，周身裹血，好似穿着一件大红绸子做的衣裳。它们体型娇小，有贵族气，很受夏季的宠爱。特别是在天边有晚霞出现的时候，这种蜻蜓最喜欢飞到麦田里来吹风，它们伫立在麦穗上，整片的金黄似乎都在烘托蜻蜓的红润。而那同样火红的霞光，也至多不过是成了这些蜻蜓出场的背景。还有一种蜻蜓，周身都是青灰色的，个头略比红蜻蜓大。它们也喜欢到麦田里来散心，只是它们出场时的阵势，若比起红蜻蜓来，那就差多了——没有铺垫，没有渲染，没有美感，没有华彩——它们更像是一些自然界的搬运工，或者麦田里的守望者。

我是在午后时分来到田野的。这许多天以来，我都睡不着觉，黄灿灿的麦子诱引着我，我渴望目睹开镰的那一天能够快些到来。在乡村，收获永远是迷人的，充满喜悦和激情。我的乡邻们比我更加热切盼望着丰收——他们是真正的劳动者。麦子是他们播种的——他们经历过锄地、撒粒、浇粪、除草；他们像期待婴儿降生般期待过麦种吐芽、抽穗、灌浆、扬花。不仅如此，他们还在下雪的早晨或傍晚去麦地里祈祷过；在有月亮和星子的夜晚去麦田旁徘徊过；在刮风或飘雨的黄昏去麦地边哀叹过……他们与麦子一道，经受着生命的阵痛。每一粒麦子，都可能是一个农人的噩梦，让他们担惊受怕，烦忧苦恼。而我呢，我不过是一个在乡村出生长大后，离开乡村又返回乡村居住的游子——我是个旁观者、怀乡者和寄居者——我是没有资格谈论收获的，我顶多不过是一个怀揣着“收获之梦”的人。

不远处的田地里，已经有农人在弯腰专注地收割麦子了。他们戴着草帽，身姿谦卑，对土地怀着感恩之情。那些或红色或青灰色的蜻蜓受到惊扰，在收割者的头顶盘旋。它们不明白为何这些农人要将大片的麦子割倒，要强行抢走它们眼中的黄金——它们会不会觉得人类是这个世界上最为贪婪的物种。我站在麦地旁的一个土丘上，静静地看着这一切。我想起一个名叫海子的诗人写的一首诗——那诗是献给麦子的，诗中有这样一句："我站在太阳痛苦的芒上"。而另一个女性散文家，在她的书里说："麦子是不该磨成面粉的。"我不知道在这些思想者眼里，麦子代表着什么，富有怎样的暗示、隐喻和象征。我只知道，在农人的眼里，麦子惟一能够代表的，其实也就两个字——活命。

太阳还是那么热，它所散发出来的光，真的如麦芒那般尖锐。没过多久，那几个弯腰的农人就将一大块田地里的麦子割去大半。他们把割倒的麦子打成捆，搞展览似的排成齐齐整整的一排，偶有微风拂过，刮来新鲜麦秆的味道。那个下午，整个大地都充溢着麦香。有几只鸟雀，或许是因了麦香的吸引，趁农人不注意的当儿，俯冲向麦田叼起一根麦穗后迅疾地飞走

秋 辉

了——它们终于不再为一顿晚餐发愁。

我也好想手握镰刀，加入收割者的劳动中去。可我们家没有麦地，我的父母已经好多年没有种过一粒麦子了——不是他们偷懒，而是他们老了，再也没有力气播种和收割。我的心情不免沉重。我回转身，将目光投向别处。这时，一个背上用布条缠裹着孩子的妇女，手拿镰刀脚步迟缓地向她的麦地走去。我的目光尾随着她——她背上的孩子不知是不是睡着了，反正安静着，像这个下午的时光。她一到麦地，就蹲下身子开割起来。因背着孩子的缘故，她割得相当吃力，怕麦芒刺着孩子的肌肤。斜阳照在麦地上，也照在背着孩子割麦的妇女的身上，像一幅刀痕过深的版画。我期待着她的男人，或家中的其他人会来帮她。可直到太阳偏西，天色暗淡了下来，也不见有帮忙割麦的人出现。渐渐地，飞舞的蜻蜓全都隐退了，倦鸟也都归了巢。那个妇女和她背上的孩子，终于被暮色所掩埋。

夜　泳

河在山的下面。晚饭后，我想去河里夜泳。太阳还没落山，我便早早地催促母亲烧火做饭了。炊烟顺着烟囱朝上爬，在稻草搭盖的屋顶袅袅盘绕。村里其他的农人，尚在坡地干活。星月没有出来，还不到收工的时候。然而，从我们家升起的炊烟，惹起了他们的注意——他们一定以为我们家的日子跟他们是不一样的了，他们或许会在心里滋生出嫉妒和恨意。在我没有回乡居住之前，是不会有人家这么早就开始做晚饭的。我打乱了一个村庄生活的秩序。准确地说，是我想夜泳的想法，打乱了一个村庄秩序的平静。

但我控制不住自己的想法。大概有十几年了吧，我都没有去山下的河里夜泳了。二十几年前，我是常去的。那时的河水，很清，很凉；那时的夜色，很柔，很静。我不知道为什么，那时总有一股力量在诱惑我，让我投入河流的怀抱。只要夏季一到，水不是太冷的时候，我就迫不及待地想要下河。我是个在故乡月夜下诞生的孩子，山下的那条河流滋养着我的成长。只有时常跑到河流里去沐浴，我才能感到自己的生命是流动的，并有了河流一样的长度和流向，有了河流一样的深度和宽度。我最喜欢从河的此岸游向彼岸，又从河的彼岸游向此岸。在过去那些有星或无星、有月或无月的夜晚，我就这么在山下的河流里游来游去，像一条鱼，最终把自己游成了河的第三条岸。后来，我离开了故乡，到城里去工作。一次偶然的机缘，我在一个污秽的小书店，读到一本陈旧而泛黄的小书。书上有一篇小说，题名就叫《河的第三条岸》。作者是个巴西人，名叫若昂·吉马朗埃斯·罗萨。那一刻，这篇小说像闪电一样击中了我。尤其当我读到“父亲没有回来，其实他哪儿也没去。他就在那条河里划来划去，漂去漂来。每个人都吓坏了。从未发生过，也不可能发生的事现在却发生了。亲戚、朋友和邻居议论纷纷。”

这段语句时，我躲在书店里一个昏暗的角落泪如雨下。

那次的泪雨，使我时刻想念起故乡的河流，想起我曾在河流中的每一次夜泳。

在村民们的猜忌中，母亲做好了晚饭——她做的是我最爱吃的南瓜饭。我匆匆刨了几口饭后，就迫不及待地朝河边走。夕阳已经收了它的金色光线了，夜幕低垂，罩着荷锄而归的农人。我顺着山间的石板小路蜿蜒而下，路面坚硬、滚烫。有夜虫在两边的丛林中飞舞。山蚊子嗡嗡低鸣，仿佛在抵抗夜的降临。

半小时过去，我终于抵达了河边。我站在岸上，朝河面望了望。河还是那条河，只是河水比过去浅了一些，在月光下泛着粼粼的波纹——一张水做的皮。河岸旁侧，栽种着两丛竹林，夜风吹来，竹叶摇曳，发出轻细的声响——竹是茨竹，长了笋子。其中一根竹笋上，爬着一只笋子虫。幼时，我和村里的小伙伴经常逮笋子虫来烧了吃，味道极香。可今夜，我不想逮虫子，只想夜泳。

我脱去衣裤，连裤衩也脱掉，一个猛子扎进河水，浪花溅湿了夜色和我的记忆。月亮明晃晃的，照在静谧的河面上，也照在我赤条条的身子上——我又把自己交还给了故乡。四周异常地安静，远处山的轮廓形成一道夜的屏风。整个河湾，只有我和月色尽享着这夜的寂寞和荒凉。我无忧无虑地漫游着，一会儿蛙泳，一会儿仰泳。或许是太久没有游泳了，体力有些不支。我平仰在河面，躺成月光的模样，想歇一歇。水的浮力载着我，像故乡载着我的思念和乡愁。河风从对岸拂来，滑过我的肌肤。我感觉自己的身子突然变得柔软，马上就要被水融化的感觉——水纹荡来漾去，那般的轻，那般的薄，像我脑海中的想法和幻影。

不多一会儿，我依稀听见有欸乃桨声由远渐近而来，打破了夜的宁静。我睁大眼睛，向朦胧的河面看去。有一只木船，正摇摇晃晃向河湾划来。船行进的速度缓慢，仿佛不是有艄公在撑桨，而是船挣脱了缆绳，随风在河面上漫无目的地飘。瞬间，我又想起了那篇小说，想起了那句“父亲没有回来，其实他哪儿也没去。他就在那条河里划来划去，漂去漂来”。

我也哪儿都没去，我躺在故乡山脚下的那条洒满月光的河里，漂来漂去，漂去漂来。

星　月

星不是孤星，有十几二十颗，零乱地分布在夜空，忽明忽暗地闪烁着。月倒是真正的孤月，像小学生涂鸦于墙壁上的那种——淡黄色，带着漫画式的，印在苍穹之上。这是夏季，天还未黑，星月就钻了出来。它们送走了太阳的最后一抹余晖，早早地值起了夜班。我喜欢抬头仰望星月——它们照耀过古人，也照耀过今人，还将继续照耀那些未来的人。我独自走在那条孤寂而又荒凉的乡间公路上。我在走，星月也在走。我走在地上，星月走在天上。我走在自己的遐想里，星月走在它们的守望中。走着走着，我觉得自己变成了法国那个名叫让－雅克·卢梭的人——一个孤独的漫步者。但我没有卢梭伟大，头脑也没有他的睿智，思想也不及他那般的深邃。我只是一个乡居者，一个脚踏大地而又仰望星空的农民后裔。

公路是新修建的，七拐八弯，像一根被切割后扔弃的盲肠。在没建公路之前，这里大多是些良田，不过都已荒芜很久了。前几年，国家搞退耕还林，村民在田地上栽种起桑树、桉树和核桃树。不知何故，这些树种却不易栽活——死了一半，活了一半。活下来的，也长不高。长着长着，杂草就掩蔽了树苗。突然的一天，修公路的人来了，开来一台挖掘机，轰隆隆的巨声响彻山谷。短短几天时间，树苗被连根掘起，地皮被刨开一条大口，有几户人家的房屋也被撕裂半边。又几个月过去，一条公路赫然竣工——公路上较少有车辆驶过，只能偶尔看到几辆安装有音响的摩托车拖着嘈杂的尾音呼啸着划过乡村的白天或夜晚。大多数时候，公路上都是沉寂的，日子甚是枯索。有时，会有一条狗、两只猫、三只鸡、四只鸭……来公路上散步，将粪便拉在路面上。傍晚收工回家的农人，若不留心，会踩得满脚都是。尽管如此，村民们还是为有这条公路而欣喜——至少，他们的出行比起以前是方便得多了。尤其是下雨天，他们不再担心泥泞会弄脏鞋子；老人和孩子也不再担心走路会摔跟斗。

最高兴和受益的，恐怕要数村里那位每日都晚归的矮小妇人了。我每次在傍晚去公路上散步的时候，几乎都能遇见她——她的身高只有一米，微胖，盘腿，头发蓬乱，像顶着一个干稻草编织的帽子。脸色永远是灰白的，神色呆滞。肩上斜挎着一个拖至膝盖的布袋，里面装着她白日里流浪于各个乡镇乞讨得来的零钞。

她干这活已经若干年了。她的丈夫是个聋子，脾气暴躁，时常动手揍她。她的腿上、背上和脸上，到处都是伤疤。她每天必须交出固定数额的钱给丈夫，否则，便要遭受皮肉之苦。由是，她惧怕回家，每天都挨到很晚。若从乡镇乞讨归来得早，她就在村头徘徊，跟个游魂似的。非得等到月亮和星星都出来了，她才迟缓地朝家走，仿佛那星月会替她扫干净回家的路似的。

我刚回乡居住的时候，有好几个夜晚，都听到矮妇人的哭声从黑夜里传来，低沉而哀怨。乡村的夜因此被罩上一层冰凉的色调。母亲说，那一定又是矮妇人没有乞讨到足额的钱而遭到了丈夫的毒打。

我的心不禁悲凉起来。

今夜，我在乡间公路上漫步时，又遇见了她——夜色勾勒出她那矮小的轮廓。四周静寂无声，借着月光，我隐约窥到她在一片竹林掩蔽的石头缝隙里鼓捣着什么。我悄悄走过去，她并没发现我，我却看到她在那里藏钱——原来，她为避免遭受丈夫的辱打，就将每天乞讨来的多余的零钱藏起来，只向丈夫交出规定的数额。倘若遇到哪天运气坏，未讨到足够的钱，她就将藏匿起来的零钱掏出来补足当天的数额。

那刻，我惊讶地发现了一个人间的秘密——罪与罚的秘密。天空上的星月也发现了这个秘密——星月应该比我发现得更早——不然，它们不会那么守时地轮流出来值班守夜的。望着矮妇人孤绝的身影，我的耳畔突然响起一首陕北民歌来——天上星星亮晶晶，那是仙女点亮的灯，为怕人间迷了路，闪闪发光到天明。

夏 屋

那座灰旧、破败的屋子，筑在一条河岸上，像是早已被废弃多年。夏日的早晨或黄昏，屋子静谧的影子倒映在河面上，有种不真实感。倘若有风吹过，水波一皱，那屋影就全被揉碎了，只剩下河水对屋子的追忆。

许多年以来，那屋子的门都关闭着，阳光照不进去，只能照在那两扇褪色的灰白木门上，以及木门上雕刻的同样褪色的残朽门神上。早些年，或许是出于好奇，村里人上坡干活或收工回家，路过那屋门前时，都要习惯性地从窗户外朝里瞅瞅——屋子里其实也没有什么，无非是一张桌子、一张床、几条凳子和两张椅子。最显眼的，是堂屋的香案——上面一年四季都燃着香，袅袅青烟环绕和弥漫在屋内。香案旁侧的墙壁上，挂着一幅落满了灰尘的黑白照片——那是一张中年男人的脸，目光呆滞，神情麻木，蜘蛛网罩着他的眼、耳、鼻、舌，也罩着他的瘦、冷和苍白。很显然，照片上的这个男人，已经被死亡领走了，去了一个非常遥远而又陌生的地方。

后来的一天，那屋子的窗户被一块蓝印花布给遮住了，村人们窥探的视线因之被挡在了窗外，只余下各种各样的猜测和议论在村子里流传。从此，那座房屋成了村里一个漆黑的“城堡”——这个城堡比卡夫卡笔下的城堡还要令人费解。然而很可惜，我们村里没有土地测量员，只有石匠和木匠。否则，就可以找个借口，派人去悄悄靠近那个城堡——靠近城堡里面的秘密和幽暗了。

现在是六月里的一天，我回乡居住的第九十九个日子。我那天心情很烦躁，书也看不进去。拿在手里翻开，书上的字迹全都模糊一片，像画家滴在宣纸上的墨团。文章更是写不出来，打开电脑，又关上。一会儿重新打开，还是写不出，灵感全都被电击了似的。我索性拿起鱼竿，提着桶去河边钓鱼。当我从那座屋门前走过时，我嗅到一股淡淡的檀香燃烧的气味。我停下了脚步，站在院子里——那院子很干净，连一片树叶也没有，更看不到鸡、鸭和狗的身影，也听不到有猪和羊的叫声。太阳依旧明亮而放荡地照耀着，屋子依旧落寞而封闭地存在着——我突然就没了钓鱼的兴致。

我伫立在院坝里，脑海里不断地闪过这屋里住着的那个女人的模样——她把自己关在这屋子里已经十几年了——她不是个疯子，精神很正常的，可偏喜欢将自己幽闭起来。她怕见光，怕淋雨，怕吹风，怕屋外的一切。她活在村子之中，又活在村子之外。这十几年来，只有少数几个村民看到她走出过屋子——她在院坝里站一会儿后，很快又钻进了屋，掩上门，拉上窗户的蓝印花布——整个世界又一次剩下她独自一人了。

印象中，我还是在多年前一个盛夏的午后看到过她一次。那年天大旱，高温持续了两个多月，滴雨未下，田地都龟裂着，树木和竹子有的也被骄阳晒死。我回乡看望父母，刚爬到山路的转弯处，一个披头散发的女人出现在路边，着实吓了我一跳。她手里拿着一把割草刀，好似在找什么草药。那会儿村人们都还躲在家里午休，野外没有人。她一见到我，似乎也被吓到了，转身就跑，像被太阳追着似的——跑着跑着，她就化掉了，不见了影子。

那个女人有个儿子，年龄四十好几了，还是单身，在外地一家工厂里打工。逢年过节，还能看到他回来，平常是绝看不到的。但即便是儿子在家，那个女人也是不会从屋子里出来露面的。她的儿子也不会强迫她出来。他们似乎并没有血缘关系，他们是两个互不相干的陌生人——即便他们彼此间还有那么点爱，也难以治愈他们各自心里那终极的孤独。这孤独多像卡森·麦卡勒斯的那部《心是孤独的猎手》的书里所昭示的孤独啊——那个镇上的哑巴——一个名叫辛格的银器雕刻工的孤独。

从屋子里弥散出来的檀香的气味越来越浓，我再一次看了看这屋子。我知道里面住着一个女人——那屋子既是她的壳，也是她的心；既是她的监狱，也是她的佛堂。

水　鬼

村里的好些人都成水鬼了。

正月，有两个，一个木匠和一个石匠。这两人互相敬重，又相互憎恨。一个星夜，他们相邀去镇上喝酒，都醉了。归途中，双双掉进河里，爱和恨，都一并被河水给抹平了。

二月，有一个，是个青年。新年刚过，爆竹的焰火还在天空绽放，春天的步履还在田园蹁跹，这个青年独自在野外走来走去，彷徨又徘徊。没有人知道他内心在想些什么，他的脸上一点看不出新春的喜悦，眼睛时而明亮，时而忧郁，像这个季节里植物颜色的变化。再过几天，他就要离开他所熟悉的故土，去往远方，成为一个异乡人。可令谁也没想到的是，在二月里一个寒凉的春夜，他把自己献给了流水。

三月，也有一个，是个姑娘。正是桃花盛开的季节。这艳丽而灼红的桃花，既开在桃树的枝头，也开在姑娘的脸颊。每年的这个时候，姑娘都会偷偷地去到后山的桃园里，聆听桃花的呓语，观赏花瓣的鲜润。她喜欢站在花丛中，喜欢那种被花所包裹的感觉，就像她喜欢生活中一切美好的事物。这或许是她最后一次赏花了——过了三月三，她就要出嫁了——嫁给另一个季节，嫁给一个比他成熟的男人——她的青春和花期即将结束。昨晚，她的父母已给她整理好了嫁妆。她躲在三月的夜里，哭了整整一宿。她的泪濡湿了三月里的桃花。她哭三月，也哭自己。哭完之后，她睡了一个安稳觉。黎明时分，这个多愁善感的姑娘，便如一片凋零的花瓣，随着流水飘走了。

时间转眼到了六月，《诗经》里“食郁及薁”的六月，棠棣和野葡萄生长的六月，又有两个人成了水鬼。

第一个死在六月上旬。一个无月的夜晚，天气燠热，晚饭后的人们各怀心事。年长者搬张椅子，坐在屋檐下或院子里点燃烟卷，开始了“往事与随想”。他们绝不是要效仿那个俄国的赫尔岑。这些一辈子都活在乡下卑微如草芥的老人，根本没听说过赫尔岑的名字，但他们又无疑都经受过如赫尔岑那样的血和泪。不同的是，赫尔岑将他的回忆写成了几卷本的煌煌巨著，而这些乡村老头则把自己的心路历程献给了黑夜和星空，烟斗和沉默……年轻人呢——没有年轻人了——乡里的年轻人，早就生活在了别处，成为一个又一个的“异乡人”。说不定，他们此时此刻也正在经受着生命中不能承受之轻或之重呢。如此一来，就只剩下那些孤独和可怜的小孩子，寂坐在电视机前，观看不属于他们的童话世界——那个世界里有风、有雨、有山、有水、有沟壑、有裂隙、有欢笑、有泪滴——可独独没有爱。那些本该施予他们的爱，统统都变成了蟋蟀的叫声，钻到床底下去了。这是一个多么郁闷且无月的夜晚啊！然而，就在这个夜晚，村里一个姓罗的老头躺在椅子上陷进了自己的往事里，再也没有走出来。当他的孙子喊他回屋睡觉时，发现他的身子已经僵硬了。周身都结满了露水，眼角还有两行浊泪爬过的痕迹。大家都说，老人是被水鬼带走的——因他年轻时，去外地讨生活，被人打断了一条腿。阎王担心他走旱路费劲，所以才委派一个水鬼来接他。被水鬼接走的人，自然是十足的水鬼了。

第二个死在六月下旬。死者是个中年男子——我们村里最老实巴交的一个人。他趁着朦胧月色早早地就躲在河边的芦苇丛里——肩挎一个帆布包，包里放一把大大的钢丝钳，以及几大把花生和一瓶烧酒。或许是害怕，他一边剥花生吃，一边喝酒。直到月上中天，他才偷偷地爬上了芦苇丛旁侧的变压器——试图用钳子夹断一根电线带走——他在做一个生活的盗火者。岂料，电线刚被夹断，他就从变压器上掉进了河里。那些水里受到惊吓的鱼儿四处乱窜。但不多久，河水就恢复了平静。夜天上，一轮孤月，发出惨白的光。那光照耀着宁静的水面，也照耀着水面上宁静的夜色。

村里的好些人都成水鬼了。

夜　哭

我在夏夜里听到过各种各样的哭声。

那哭声，有时大，有时小；有时缠绵，有时悱恻；有时孤绝，有时冷寂；有时如流星划过天幕，有时如蚊虫嗡鸣耳畔；有时似夜风摇撼大树，有时似月光照临池面；有时像乡村基督徒唱诵的赞美诗，有时像吃斋信佛者念诵的经文……

这些哭声，曾让我彻夜难眠。我躺在床上，被各种哭声深深地包裹着，酷似黑夜包裹着村子。苦痛和忧伤如同明灭闪烁的繁星，布满了我大脑的天空。我睁开眼，望着漆黑的屋瓦，耳边不自然地响起艾青在他的《诗人论》里发出的诘问："如果你听见深夜里还有哭声……，你的嘴还能缄默吗？”然而，我的确只能缄默，在这个沉闷的夏季夜晚——我不缄默，又能如何呢？

在乡间，我还从来没有如此这般地被众多的哭声所恼过，但是现在不一样了，这不是一个“春风沉醉的晚上”，这是一个有着哭声的“惶然的子夜”。我一定要找出那些哭声的来处，我要知道到底是谁在深夜里哭泣，以便使我的内心获得安妥和宁静。我锐敏的听觉雷达，顺着那声音的频率在黑夜里四处探查，像一束微弱而幽冷的光，穿梭于夜的深渊。遗憾的是，我探查了整整一个夏季，还是未能彻底搞清楚那些哭声的来源。只有极少数的几种哭声，我是确凿地知道它们是从哪里传出来的——我愿意将它们简略记述在这里。我希望我的文字不再如我的嘴一样也是缄默的，尤其在听见深夜里的哭声的时候。

——树肯定哭过。因为哭过的树的叶片都是纷乱的，有的甚至变得焦黄。我居住的周围有很多这样的树——有感情的树，会欢笑也会流泪的树。我经常在散步的时候看到过它们那或悲伤或祥和的样子。印象最深的，是我家菜园旁土坎上的那棵洋槐树。每年春天，树上都会缀满繁密的白花。那是蜜蜂最欢欣的季节，却是洋槐树最愁郁的季节。现在，洋槐树早已枯萎了，再也开不出洁白的花朵，但蜜蜂仍会年年飞来围着枯树转。偶尔，蜜蜂还会带来鸟雀、蝴蝶、蜻蜓和它们一起转。转着转着，蜜蜂就开始哭了。蜜蜂一哭，鸟雀也哭，蝴蝶也哭，蜻蜓也哭。最后，枯死的洋槐树也哭。我至今不明白，既然树都死去了，那它又怎么还会哭泣呢？而且，哭声还那么响亮，那么具有穿透力。难道是洋槐树死了，只剩下它的哭声还活着吗？

——土地肯定哭过。因为哭过的土地只长荒草不长庄稼。我的村庄周遭全是这类长满了荒草的土地。我每天从原先的田坎走过，荒草都会抓我的膝盖。它们试图强迫我下跪，再试图覆盖我。我挣扎和抵抗着，为土地，也为我自己。或许是土地可怜我，才在我的脚底下嘤嘤地哭。我熟悉它们的哭声——它们的哭声里包裹着太多的盐和碱。

——夏天肯定哭过。因为哭过的夏天总是溽热和干燥的。它们会把嗓子哭得沙哑，把喉咙哭得冒烟，把田地哭得坼裂，把虫子哭得自杀；它们还会把凉风哭成汗液，把星辰哭成钻石，把山路哭成血管，把粮食哭成饥饿……我不知道其他的季节是否也会哭，比如春天会哭吗？冬天会哭吗？秋天会哭吗？反正夏天是会哭的，难怪我会在夏季里听到那么多的哭声呢。也许，夏天是在代替秋天、冬天和春天哭吧。待夏天把眼泪都流尽了，季节也就不会再有哭声了，那该是多么爽朗而宁谧的季节呵！

——我肯定也哭过。不然，我是绝不会听到这些夜里的哭声的。只有哭过的人，才会对各样的哭声那般敏感。那么，我又是为何而哭呢？其实我也不知道，我的泪水从来没有告诉过我，它也从来不受我的控制。每次都是这样，只要我的双脚一踏上故乡的土地，我的眼泪就会夺眶而出。然后，刮过故乡的野风就会将我的哭声带走——带出我的视线和意识，眷念和哀愁。直到在这个充斥各样哭声的夏夜，我才真正明白了自己哭泣的缘由——我哭我的树和土地，也哭我的夏天，更哭艾青那句“我为什么眼里常含泪水，因为我对这土地爱得深沉”的诗句。

草　药

夏天的早晨，初升的朝阳是傲慢的。它目空一切，发出万道金光，狠狠地将那光的芒刺扎进大地的肌肤。大地静穆着、承受着，既不嚎叫，也不喊疼——莫非是大地已然习惯了将那太阳的芒刺当作扎入土层的疗伤之针灸了吗？

这样想着，我便跟着村子里的几个老人走向了山坡。我们要去山上挖草药。我好多年都没挖过草药了，怕认错，只能跟着几个老人走。他们熟悉各种草药，宛如熟悉大地上的每一条路，每一道坎，每一滴水，每一棵树。那些草药仿佛都是他们种植的。他们个个都是我们村里的李时珍，遍尝过百草——酸的、甜的、苦的、涩的，乃至有毒的、没毒的他们都咀嚼过。他们吃粮食长大，也吃草药长大。他们生了病，没钱去医院治疗，又不想在家等死，就自己上山挖草药救命。他们无论生了什么病——普通的、怪异的、疑难的、轻微的，都吃同样的药。他们只有一张药方，村里所有的病患者都按照这张药方去抓药——有的人吃了好了，有的人吃了疯了，有的人吃了笑了，有的人吃了哭了，有的人吃了活蹦乱跳，有的人吃了呆若木鸡，有的人吃了益寿延年，有的人吃了命归阴曹……

我每次回乡，奶奶都要叫我去给她挖草药。她身体不好，疾病缠身。我劝她去医院，她死活不去。她说唯有草药可以维持住她的性命。这次也是她叫我去挖的——她说趁我在家，多替她挖一些。山坡上杂草丛生，弥漫着山野气息。朝霞落在草叶上，形成淡淡的一抹红。我在几个老人的指引下，低头仔细地寻觅和辨识着——我希望替我奶奶找到更多的“还魂草”，使她远离疾病和痛苦，恐慌和灾难，困厄和死亡。我慢慢地在草丛里走着，我多想找到那些藏在草间的宝贝——金银花、紫地丁、夏枯草、石菖蒲、过路黄、忍冬花……可我找了半天，也没找着。我怀疑它们都被太阳晒化了，或者被那几个老者提前挖完了——他们身上的疾病并不比我奶奶的少。可我又想，难道是他们怕我抢挖这些救命仙草，故意不告诉我哪些草是药吗？不然，那些草药为何找不见了呢——它们不会是跑到我奶奶的身体里去了，抑或跑到鲁迅先生的小说《药》里去了吧？这些“野草”啊——乡下的野草，梦里的野草，呐喊中的野草，救治生命和精神的野草。

太阳又升高了一些，照得大地热辣辣的。然而，大地依旧静穆着、承受着，既不嚎叫，也不喊疼。那几个老人也不喊疼。他们领着我，从这个坡走到那个坡，捉迷藏似的。有时走到一株野草旁，他们故意低下头，脸上流露出惊喜。随即，又摇摇头，直起身，继续朝草地前面走去。我跟在他们后头，亦步亦趋。当我走到他们刚才低头看过的那株草旁时，我凭借童年的印象和记忆，断定那的确就是一株草药，只是我叫不出名字。我追上他们，很真诚地问道：“那不就是草药吗？”几个老人莞尔一笑，全都摆摆手，陷入长久的沉默。

整整一个上午，我们都在山坡上晃悠。我知道，那几个老人委实是在骗我。他们不希望我挖到草药。我毕竟比他们年轻，体力比他们好，动作比他们快。若挖起草药来，他们肯定抢不过我。尽管，他们都知道，我来挖草药并非是为自己，而是为我多病的奶奶。但我不明白，这几个老人都是我的长辈，平素在村子里也都是最为慷慨的人，为何这会儿就变得那么自私了呢？那一刻，我的内心有风暴在肆虐。我很想冲上去，拆穿他们的谎言，就像我很想以自己的愤怒去抵抗这朝阳的傲慢。但我最终还是忍住了——倘若我真的跟他们过不去，也就是在跟我的奶奶过不去，跟衰老过不去，跟活着本身过不去。

我索性就这样跟着他们走。他们走到那里，我就走到那里。他们从草旁走过，我就从草旁走过；他们从药旁走过，我就从药旁走过。只要他们不说那草是药，我就绝对不会弯腰去割。我宁可辜负我的奶奶，也不会伤害这几个老人——虽然，我奶奶和他们都一样老了。但老了的奶奶身边至少还有我这个孙子，而那几个老人身边一个人也没有，只剩下他们自己。

他们都把自己活成了一味药。

庙 劫

我时常迎着早晨的风，或赶着黄昏的落日，踱步到村头的小庙去——那个庙是簇新的，翘檐上、瓦楞上，还沾着新的灰浆印痕。墙壁也一律的惨白，像极了守庙人那失去血色的脸孔。庙殿前面，是一块椭圆形的平地，虽抹了水泥，却仍是不平。凹凸的纹路纵横着，好似用刀雕刻出来的样子。平地靠边沿的一块，已经塌陷，裂开一条缝。守庙人说，这是一道新伤，他只要看见它，痛就会在佛前蔓延，无始无终。

大多数时候，庙门都是关闭着的。只有到了夜间，或有人前来烧香的时候，守庙人才会去将庙门打开。白日里，庙房内就只有菩萨，静静地坐在各自的香位上，或金刚怒目，或颔首低眉。我每次来到小庙，都要从栅栏式的木门外朝里瞅。当我看到那些菩萨的时候，那些菩萨也看到了我——我还从他们的表情里，察觉到他们一定想开口说点什么。只是，他们有口却无法开口，所以最终还是啥都没说。我也很想说点什么，却照样无法开口——菩萨寂寞的时候，我也是寂寞的。庙门的右侧墙壁下，放着一张由整根树干做成的长凳。那树应该也是刚从山上砍回不久，湿冷的表皮还有汁液流出来。我喜欢在这张树凳上默坐。人坐在上面，犹如坐在林中。坐的时间久了，我就把自己坐成了树中的人。而这棵树呢，也仿佛并未死去，它正在复活——以供佛的方式，让树魂重新回归森林和季节。

除了我和守庙人，几乎没有别的人来小庙。有的人想来，只因年岁大了，行动不便，唯有在心里供奉着一尊菩萨。而走得动的人呢，又有太多重要的事情要去忙，也就自然地将那些菩萨暂时给忘记了。在这个人世间，有些事，是菩萨也解决不了的，非得人自己去处理不可。

然而，据我的观察，还是有那么三个人经常会到小庙来。有一个中年妇女，好像不是本村的，我叫不出她的姓名。每周三的下午，她都要来小庙进香。每次来，带的贡品都很丰富，有刀头肉、水果、白酒，还有糖和花生。每尊菩萨前，她都要烧纸、磕头，唯恐得罪了任何一尊菩萨。看得出，她是个做事公正的人，只是我不知道生活对她公正不公正。烧完香，她都要在庙门口的树凳上坐一会儿，直坐到黄纸燃尽，香烛熄灭，她才挨个在菩萨前再次作揖后转身离去。好几次，我都试图跟她聊上几句，但想想还是忍住了。我怕她一旦开口，就会泄露天机。那样，她的纸就白烧了，愿就白许了。我不忍心，菩萨更不忍心。

另一个是老女人，拄着拐棍，隔三差五地来，不分上午和下午。我每回见到她，心都会痛。阳光照着她那古铜色般沧桑的脸庞，也照着她那伛偻的脊背和盘曲的双腿。她两鬓的银丝上挂着汗珠，像一颗颗晶莹的菩提子。这个老妇大概是很穷的。她每次来，既不带黄纸，也不带香烛。至于供品，就更别提了。她一到小庙，就跪在菩萨跟前的草蒲团上，闭上眼，双手合十，嘴里叽叽咕咕地念诵着。那声音听上去怪怪的，不清楚她到底是在祈福呢，还是在诅咒谁？约莫半个小时过去，老妇缓慢地立起身，捡起旁边的拐杖，又缓慢地退出小庙，朝日落的方向走去，一边走，一边嘴里不停地嘀咕。阳光追随着她，覆盖着她，像给她的身上披了一件新织的袈裟。

还有一个，是个孩子。从年龄上看，顶多不过十余岁。每到周末，他从学校放假回家，都要抽一个下午来小庙祈福。这是个朴实的孩子。他总是穿一件泛白的淡绿色格子衬衫。那衬衫有些大，应该是别人穿过的。他每每跪在菩萨面前，脸上就会显出害羞的神情，他还不知道该怎样对菩萨说好话。我曾问过他是为谁来祈福。他没有回答我，只说他父亲病了，卧床不起。母亲跑了，至今未归。他没有心思再去读书，可父亲非要逼迫他去。说完，他就跟菩萨磕起头来，眼眶里噙着泪花。

我沉默无语，守庙人沉默无语，菩萨沉默无语。

我们跟那几个常来小庙的人一样，都在各自寻找着化解苦痛的办法。

远　信

那是慵倦而燥热的一日，我躺在竹席上午睡，汗液濡湿了竹席暗黄的表皮。我抓起一把破蒲扇，轻轻地摇晃着。蚊子仍在耳边飞舞，这把破扇子制造出的微风，已然对它们构不成威胁。蚊子是嗜血的，我的肉身给了它们继续活着的希望。不久睡意袭来，我摇动蒲扇的手终于静止了，像这个夏天静止的午后时光——梦一样的时光。

我不知道自己到底睡了多久，也不知道那些蚊子究竟从我的身体里吸走了多少血液。反正，当我醒来的时候，那个老妇人已经站在我家堂屋的门外了。论辈分，我该叫她叔婆。叔婆姓文，我也因之叫她文婆。文婆住在村子的西边。她家的房屋旁，有一棵麻柳树。每天薄暮时分，文婆都会坐在树下，眼神茫然地凝望着远处。望着望着，她有时竟会痛哭流涕。我一直觉得，那棵沧桑的麻柳树，一定是被文婆的泪水给泡老的。

我依稀听见文婆在门外叫我，声音有气无力。我赶紧穿上衬衫，走出屋子。她见到我，浅浅地笑了一下，那笑使她额头上的皱纹变得更深。我请她进屋坐，她摇摇头，只呆呆地站着。俄顷，她举起颤抖的手，递给我一个破旧的信封。信封右下角用红色的字体印着某某监狱字样。我的背脊一阵发凉。还没等我问话，文婆就急不可待地嗫嚅着说："帮我念念信吧，你木子哥写来的。"我接过信，像接过一块生铁——那块生铁挂在回忆的长廊上，只要轻轻一触碰，铁锈就会纷纷朝下落。

木子是文婆唯一的儿子。她还有三个女儿，有两个已经出阁。剩下一个，在姑娘刚满十七岁的那年夏天，偷偷地跑到东莞去了，从此音讯杳无。文婆的老伴思念幼女心切，整天嗜酒成性。一喝醉，就骂鸡，骂狗，骂黄昏飞翔的乌鸦，骂早晨飘落的枯叶，骂夜晚冷寂的月亮，骂白天火红的太阳。骂到最后，他总不忘骂自己，骂自己的祖宗，骂那些死去的人和活着的人。

就这样，在骂了两年零三个月之后，他最终把自己骂到了九泉之下。听文婆说，他的老伴到了阴间，脾气还是丝毫未改，每天都跟那些小鬼争长论短。若自己争论不过，就大动干戈，打得那些小鬼无处藏身，个个都嚷着要还魂。这些事情，是文婆在梦中见到的。她说每次做梦，她的老伴都要嘱咐她，哪怕拼了老命，也要把小女儿找回家。或许是木子心疼母亲，在一个野棉花开满山坡的季节，他独自去了远方寻找妹妹。临别那天，木子跪在母亲跟前，磕了三个响头，发誓一定会将妹妹找回来。谁曾想，木子这一走，不但没找回妹妹，还跟妹妹一样消失得无影无踪。短短几年时间，文婆就衰老了。野棉花从山坡上开到了她的头上。每当她坐在麻柳树下哭完之后，都要高举双手，去采摘头上雪白的棉花。她幻想把那些用棉花缫成的发丝扯下来，替女儿缝棉袄，给儿子做棉帽。文婆身子骨虚，她每费力扯下一根发丝，一个春天就过去了；再扯下一根发丝，一个秋天就过去了；又扯下一根发丝，一个冬天就过去了。现在是夏天，她已经没有发丝可扯。那些存在于她幻觉中的棉花，也没能在她勤劳的双手和坚定的信念下，变出一个完整的棉帽或一件漂亮的棉袄来。

看着文婆掉光了白发的头，我感到一阵战栗。我不知道她是从哪里捡来这个信封的——那个信封上的寄信人署名并不是木子，收信人姓名也不是写的文婆，但她就是坚信那封信是木子写给她的。她一直在喋喋不休地催促我将信念给她听。我很尴尬，也很心痛。我无心去跟文婆解释这封信的真伪，那对她不具有任何意义。只要她认定信是木子写的，那就是木子写的。我没有再迟疑，果断地抽出了信瓤。然而，就在我刚要念信时却傻眼了——那是一张从小学生作业本上撕下来的白纸。文婆见我愣怔着，说："念啊，快念。"我只好怀着复杂的心绪大声地念起来："妈，您好，我是木子。我已经找到幺妹了，请不要担心，我们在外面过得都挺好的……"念着念着，我哭了，文婆笑了。

信念完，我将这页无字纸装回信封，交还给文婆。她拿着信，冒着午后的暑热一颠一颠地朝村子西边那棵麻柳树走去。

再过一会儿，夕阳晚照的薄暮时分就要降临了。

叫 魂

叫魂的声音在黄昏响起。

只有在黄昏时分，才是魂魄归家的最佳时候。

我许多年都没有听到过叫魂的声音了。在城市里生活，是不会有人叫魂的。而且，生活在城市中的人们，魂魄似乎也不会走丢。他们整日被喧嚣包裹，到处都是人流、车流、电流，即使到了夜间，再偏僻和阴暗的角落，也有灯光照明。更别说那些灯红酒绿至通宵达旦的影院、歌厅和酒吧了。阳气如此旺盛的地方，那些我们看不见的异物躲还来不及呢，哪还敢跑出来偷摄人的魂魄呢？

丢魂的事，注定只能发生在乡村。乡村多简陋啊，山高林密，穷乡僻壤。尤其现如今，村里的活人一年比一年减少，死人一年比一年增多。每日一到太阳偏西，偌大的村庄就显出冷落和幽寂来。鸟雀在树丛中阴惨惨地哀鸣，流浪狗在村头村尾低沉地吠叫，人从村里的小路上走过，犹如星月自远古的洪荒中滑过。那种惊惧和孤单的心境，是会叫人失魂落魄的。你若不信，可以亲自到乡下走一走。说不定你在行走中不经意间踢到的一颗小石子，都是一个乡下人丢掉的魂。

乡下人可不像城里人那么勇敢，丢了魂是必须得叫回来的。不然，他就无法继续活下去。乡下人太脆弱了，全靠魂活着——魂是他们内心里最坚硬的东西，也是使他们受伤最严重的东西。丢魂的人越多，叫魂的声音自然也就越频繁。

我记不清那天黄昏是我回乡后听到的第几次叫魂了。叫魂的是一个老人，他在替他躺在床上意识昏迷的孙子叫魂。老人左手端着一个碗，碗里装着小半碗净水，净水上浮着一层米粒。右手拿着一块红布，红布明显有些旧了，颜色已经褪掉了最初的鲜艳。他在后山的坟地旁走来走去，边走边叫："罗二娃，三魂七魄回家来啰。"每叫一声，就用右手拿的红布去拂一下左手端的水碗。那会儿，我正在菜地里割莴苣准备回家做晚饭。老人看见了我，我也看见了他。不过我们彼此都没有打招呼。叫魂的时候，是不能有人惊扰的。否则，魂魄在回归主人肉身的途中是极有可能重新返回去的。

老人叫魂的声音浑厚而嘶哑。那一刻，后山静穆，太阳也躲入了云层。坟地周围一片凄清，偶尔有风吹过，坟头上的茅草左右摇摆，发出窸窣之音，仿佛魂魄赶路时响起的脚步声。老人似有些气喘，叫过一阵之后，她的声音小了下来，坐在坟堆前的石头上不动了。但不多一会儿，他又立起身，开始嘶声力竭地转着圈叫喊："罗二娃，三魂七魄回家来啰。"直到夜幕降临，夜色彻底将老人的身影和他的叫魂声淹没。那天晚上，我不知道老人把他孙子的魂叫回来没有。我真担心，他那把老骨头会被自己的叫声震碎——他没有把孙子的魂叫回来了，却把自己的魂丢了。

第二天黄昏，我又听见老人叫魂的声音在后山的坟地响起。跟昨天相比，他的声音越加低沉而嘶哑，好似憋着最后一口气在呐喊。我隐隐感觉情况有些不妙，几次想跑去后山看个究竟，又怕惊扰到老人叫魂而遭到他的怒斥。那天夜间，我站在院坝里，抬头仰望着星空，默默地为老人和他的孙子祈祷。第三天，我以为老人还会去后山叫魂，一整天心都在扑通扑通地跳，但叫魂的声音再也没有响起——我心里高悬的石头总算落了地。

第四天的清早，我重又看到老人的孙子在村里活蹦乱跳的身影了。老人脸上的气色也好了很多，嘴上叼一袋烟，背着手在村前村后踱步。这次我们见了面，谁都没有沉默，互相问好和谈笑。我问老人他孙子前两天到底怎么回事，老人抽一口烟，说那天上午，他家二女儿生二胎，老伴一大早就赶过去帮忙了，直到第二天才回来。他孙子头天放学回来说要交校服钱，家里没有，老人只好将家里的一只鹅背去城里卖。可他下错了车站，鹅被弄丢了。他在城里疯了似的到处找鹅，还是没找到。天黑回到家，他才发现放学后的孙子闲极无聊，跑去后山坟地旁的树上掏鸟窝被丢了魂。说到这里，老人失声痛哭起来。他说："我孙子的魂倒是叫回来了，可我的鹅却再也叫不回来了啊！"

我知道，鹅是老人的另一个孙子。

追　蝶

那只蝴蝶，穿着一件花衬衫，在黑夜里飞。它从上弦月飞到下弦月，从七月半飞到七月尾。它的飞翔扰乱了他的睡眠。他躺在床上，也躺在梦中。夜窗外，是更深的夜色。他不知道那只蝴蝶来自哪里，是从他的前世飞来，还是从他前世的前世飞来？他从那只蝴蝶身上看到了个人命运的轨迹和征兆。

他是一个追蝶人。他渴望飞翔。蝴蝶也渴望飞翔。那只蝴蝶带他去了许多地方——草丛、花圃、峡谷——岁月的此岸和时间的远方。

有一天傍晚，他坐在田野上等蝶。夕阳铺满了大地和他的想象。那只蝴蝶采蜜去了，剩下他独采自己的忧伤。他渴望那只蝴蝶能快些回来，用采来的蜜将他的忧伤灌满。他就那样等啊等，等到夕阳的颜色由深变浅，由浓厚变得稀薄。他有点绝望了，开始坐立不安。他想去找那只蝴蝶，又不知该到哪里去找。他怀疑那只蝴蝶早已厌倦他，离他而去了。倘若那样的话，他不清楚今后谁还能带给他飞翔的高度和憧憬。可正当黑夜降临，夕阳收尽残照之时，那只蝴蝶飞回来了。这让他喜出望外。但遗憾的是，蝴蝶那天并未采到蜜，它只采到了晚风的烦恼和夕阳的余哀。

那天过后，他的欲望减少了，却对那只蝴蝶愈加依赖和迷恋起来，仿佛他活着就是为追一只蝶。事实也的确如此。他没有一个朋友，没有一个熟人。他的生活里只有一只蝶。自他来到这个世界上的那一刻起，他就注定是孤独的。大概四岁或五岁那年，他父亲见他不说话，将他丢在一个废弃的瓦窑里。他也不反抗，安静地坐在窑内，也不抬头仰望星空，更不啜饮草叶上的露水。他不哭也不笑。他只想等待一场火，把自己焚烧成一只蝴蝶，在天空自由地飞，懒散地飞，沉默地飞，孤独地飞。但那场他想象中的大火一直没有来，他等来的只有雨和雪，风

蝶

暴和闪电。他还想继续等，他不想从窑洞里爬出去，他相信那场地火一定会来，就像他相信自己肯定会变成一只蝴蝶。他就那样等啊等，直等到在草色连云的季节里走来了一个女人。他不认识那个女人，只感觉有几分熟悉，却又是全然的陌生。那个女人一见他就哭，泪水像一条长长的河流。他也不明白那个女人到底哭什么，有什么好哭的。他已经在窑洞里活得不悲也不喜了。那个女人要抱他出去，他也不反抗，任由她抱。他第一次感觉到温暖，也第一次感觉到灵魂有了重量。他的胸膛滚烫，似被烈火灼烧和包裹。他怎么也没想到，自己苦苦等待的那场大火，竟然藏在一个女人的体内。他就要被融化了，感觉正在涅槃成一只黑蝴蝶，向着那灯火辉煌的远方飞翔。

他被那个女人从窑洞里救出来没几年，四年或五年吧，那个女人就去世了。他记得很清楚，那是一个麦子泛黄的季节——女人死去的前几天，还带他去麦地里走了走。阳光照在饱满的麦穗上，散发出一种成熟的芳香。麦田的上空，有几只蝴蝶在扇动翅膀。他想伸手去捕捉，被女人挡住了。他看见女人的眼里泪水盈眶。他预感到了什么。他看着那逐渐飞远的蝴蝶，像看着一段正在消失的旧时光。

女人去世后，麦子也归仓了。大地裸露出来，他重又感到孤单。那段日子，他总是看见有大群蝴蝶在被刈割后的麦田上空飞翔。他认不出其中哪一只蝴蝶是那个女人变的，但他知道那个女人一定就在那群蝴蝶中间。

他也很想变成一只蝴蝶，随那个女人而去。可那个女人在临终前告诉他，如果追得上自己，就随她一起飞，追不上，就好好地活着。他信了女人的话，做了一个追蝶人。他白天追，夜晚也追。那只蝴蝶飞到哪里，他就追到哪里。那只蝴蝶带他去了许多地方——海边、沙漠、草原——活着的边界和死后的天堂。

他是一个追蝶人。他从少年追到中年，又从中年追到老年，仍然没有追上那只蝴蝶。那只蝴蝶，是坟头上开出的花朵，是一个追蝶人灵魂中最耀眼的光照。

六　月

六月里的一天。也许是孤独，也许是时光过于庸倦，我从家里走出来，像从一个漫长的回忆里走出来。我不知道要去哪里，只那样随意地走着。没有目的，也没有方向。路边的草泛绿，间或有一点鹅黄，被阳光注射了青霉素似的。没有人出来割草，割草的人和割草的刀都不知去向。我在一条土路上走着。我想把鞋子脱下来，挂在一棵树上，让它替我记住些什么。在这条路上，只有这双鞋，是我唯一熟知的事物。记住它，也就记住了我所走过的路。

我是出过远门的人，我深知需要磨破多少双鞋，才能把一条遥远而弯曲的路走完。就像一个水手，他深知要呛多少口水，才能摘取属于自己的浪花。清风吹拂我的头发，野草般凌乱。我试图用手指将头发理顺，却越理越不顺。我的头发跟我的思绪是纠缠在一起的，好在我的头发现在还没有变白。如果哪一天我的头发白得像风中的芦苇，或夕阳下的巴茅草，那我所有走过的路，干过的事也必将打满盐霜。

现在是六月，六月是夏季的壮年。季节的壮年跟人的壮年颇为相似。我在六月里走着，我感到空气是清新和透明的。无论是远眺或近看，都没有冬日的肃杀和凋蔽之象。但我的心还是有丝丝的不安。我知道这是一条寂寞的路，已经许久没有人走过了。我也没有在路上碰到曾经所熟悉的场景——那个手握弹弓的男孩，和他总也瞄不准目标的眼神，以及被他的弹弓射出去的石子惊飞的鸟雀，和鸟雀遗落下的一片羽毛。那个在落日余晖笼罩下吹蒲公英的小姑娘，和随蒲公英飘远的背影，还有那些印在土路上的狗的脚印、羊的脚印、牛的脚印、猫的脚印……

我渴望再次与他们相逢，也渴望与另一个自己相逢。我是一个在六月里寻找六月的人。我从六月里走过，像一棵草从草丛里走过，一朵花从花丛中走过，一个梦从梦境里走过。我沿着六月的方向走，我想把自己走成两个自己。一个自己从六月走向七月、九月和十二月，这是向前的；一个自己从六月走向五月、三月和一月，这是朝后的。我是我的两个极端，相互排斥，又和谐统一。我是我的白天，我也是我的黑夜。我是我的水，我也是我的火。

朝后走的时候，我的记忆是模糊的，心情是惆怅的，只依稀记得我站在五月的蓝天下，望着一棵生虫的梨树发呆。那棵梨树都快枯死了，却还在努力结出果实。我盯着树上不多的几个梨，像一个饥饿的孩童盯着母亲干瘪的乳房。我还在三月里与一株桃花相逢。它生长在野外，孤孤单单，花朵却粉红一片，比我邻居家的姐姐——那个没钱上学的姑娘用红纸蘸水涂抹在脸上的假胭脂还要红。我也在一月的料峭春风里吹响过竹笛，那是我父亲送给我的礼物。我父亲是个沉默寡言的人，但他送给我的竹笛却会唱歌。我现在都还能想起父亲在我的笛声中老去的样子——他的样子是我无法言说的哀伤。

朝前走的时候，我的心情是美好的，记忆如马车般拉着我不停地奔跑。我先是尾随七月跑向了郊野。我在郊野看到了七月的流火，还看到有两只蜻蜓，站在草叶上做爱，它们把躁动的痛苦变成了宁静的幸福。九月比七月要安静许多。九月的安静是山冈的安静，黄杨树的安静和土地的安静。我跟着九月散步，一个老人牵着一个小孩也在跟着九月散步。老人手拿一朵野菊花，小孩手拿一束野菊花，他们要去祭奠一个亡人。他们想把野菊花插在亡人的坟头。十二月是刮风和下雪的季节，这个时候不适宜远行。我走着走着就不想走了，我在路边蹲下来。我抱来一捆干柴，生旺一堆火。我希望那些同在十二月里赶路的人看到这堆火后，能停下脚步，过来烤一烤。我们并不认识，但可以相互说说话，说说寒冷和温暖，说说风尘和日月。什么都不说也行，纯粹是烤烤火，然后离开，各走各的路。

六月里的一天，我从家里走出来，我顺着六月朝后走，也顺着六月朝前走。六月是我的月份牌，也是我的分水岭。我渴望在行走中与诸多熟悉或陌生的场景相逢，也渴望与另一个自己相逢。我不知道要去哪里，我就那样随意地走着，没有目的，也没有方向。

夜 歌

夏天将尽的时候，我又听到了那支夜歌，清丽而舒缓，没有一丝杂质。这歌是一只草虫唱的。我不知道草虫的名字，也从未见过它。它永远躲在我看不见的草丛深处。有许多次，我跑去寻找过它和它的叫声。我在黑夜里走着，它的叫声指引我来到一片草地，一个河湾，一块豆荚地，一处乱坟岗……我想看看它到底长什么样子，有几条腿，几根触须。翅膀是薄还是厚，头是大还是小。它飞起来的时候，它的歌声是否也在飞，灵魂是否也在飞。但我想了很多办法，最终还是没能找到它。我没靠近它的时候，它的歌声可以穿透黑夜，到达月亮和星星的耳朵。

我一旦靠近它，它就瞬间禁声，把琴弓藏好，夜重又恢复平静和孤寂。我猜不透它为何要这样，是它长得太过丑陋，怕见人呢，还是甘愿做一个低调、平凡和隐士般的大自然之歌者?

我是喜欢听那草虫的歌唱的。我想起那些夏夜，常常莫名地睡不着觉，心里煞是空虚。大人们都不知干什么去了，没有人跟我在夜里说话。月光从天空照下来，树枝和小路上都敷了银灰色的粉霜。我从屋子里走出来，抬起头，盯着月亮看。月亮也在离我很遥远的夜空看着我，它的眼睛跟它近旁的那颗孤星一样令人惊恐。我渴望获得安慰。那时，我还只是一个八岁或者十岁的孩子。我没有能力使自己变得强大起来，也没有能力穿越独属于我的暗夜。我在院坝边的磨刀石上坐下来，那块石头磨过不少的刀，凹下去一个深槽。我坐在上面，我把自己也想象成一把刀。我要把自己磨出刀锋来，我要把漫长的黑夜砍成两段，一段给黄昏，一段给晨曦。这样，世界上就没有黑暗了，我也将不再害怕失眠。我只能通过这种方式来缓解对黑夜的恐惧。可我越是胡思乱想，恐惧反而越强烈。我的身子开始战栗，月光救不了我，幻想也救不了我。就在我快被黑夜掩埋的时候，那只草虫唱响了它的生命之歌。它就藏在我身后的夜来香中。它的叫声比月光还要明亮，比星辰还要透明。我的心顿时安静下来，我的战栗也变成了它歌声里的节奏和旋律。

那只草虫，用歌声点亮了一个怕黑的孩子的夏夜。那晚过后，我一到睡不着觉的时候，就跑去屋外聆听草虫的歌唱。我每晚出去，它每晚都唱。有时在屋后的藤蔓间，有时在屋前的草堆里，它仿佛是要唱给我一个人听，而我大概也是它唯一的听众。它知道我穷，是个可怜的孩子，故从不收取我的演唱会门票。它弹唱的夜曲，我也不知道叫什么名字，有古典的味道，有民歌的风格。偶尔，它也会唱几首忧伤的歌，歌声凄婉、苍凉。这让我知道，一只会唱歌的虫子，也有沉重的心事和绝望的夜晚。

有一次，我照例去屋外听草虫唱歌。那是一个没有月光，也没有星辰的夜。农人们大都进入了梦乡，只有极少数的几户人家还在点着灯火忙这忙那。我围着屋子转了几圈，都没有等来草虫的歌唱。我担心它是不是生病了，或者拉断了琴弦，又或者唱哑了嗓子。我焦急地等待着，像等待着月亮和星星升起，直到村里最后几户忙碌的人家都熄了灯火睡觉去了，草虫还是没有来。我那晚等来的，是一个女人断断续续的哭声。

那个女人坐在屋外晒场上的酸枣树下哭，长一声短一声地哭，远一声近一声地哭，明一声暗一声地哭。我不知道她在哭什么。我只知道，她在几个月前失去了丈夫。她被婆家人赶了出来，她现在住在娘家，带着一个三岁的孩子。我从她身旁走过，我想起被人捣坏了巢的小鸟和无家可归的狗。她的母亲心疼她，摸黑来叫她回屋。她不听母亲的劝告，仍在伤心地哭。她的哭声像一把锯子，在锯着黑夜的肌肤和潮湿的夜露。

我不想听女人的哭声，我只想听草虫的歌唱。这之后的日子，我依旧夜夜跑出来寻找那只失踪的草虫，但我再也没有找到过它。它从黑夜里消失了。草虫消失后，我也长大了。我不再害怕黑夜。我从黑夜里出发，去了很远的地方。如今几十年过去，我又听见了草虫的歌唱。这歌唱，使我不自然地想起曾经那个哭泣的女人来。我不知道她现在何处，过得好不好？也许，她早已经死了吧。不然，那只草虫怎么会又唱起歌来了呢？

郊　野

那天的气温和暖，光线也很柔和，从早晨到中午再到暮晚，都是吉祥和光明的一日。我从床上起来的时候，受了那照进窗棂的阳光的牵引，想要去郊野走一走。我在屋里是待不住的，哪怕外面再热，我都幻想着走出去。我想看看这盛夏的骄阳到底能把多少事物烫伤——昨天或者前天，它已经把一弯河流烫得泪水涟涟，把一座茅草房烫出了炊烟，把一个人的青丝烫成了白发，把一条蚯蚓烫死在了路上……

我在郊野上迟缓地走着，暑气从草间升起，四周一派肃穆。马桑子殷红的穗粒像众多的火柴头聚在太阳底下采集火焰，有三两只昆虫在上面爬上爬下，鬼鬼祟祟的，像几个自然界的盗火者。不远处的田塍上，长着几株棕树。棕皮包裹着树干，也包裹着时间。往常，年年都会有农人来剥棕皮，拿回家缝棕垫或织蓑衣。现在没有人稀罕这个了。村庄空了，床也空了，棕垫自然没人要了；到了雨季，也再不见有人披着蓑衣在雨中行走。蓑衣成了雨水的老物件。我盯着那几株棕树看，我看棕皮如何一层一层将自己的骨骼包紧，看棕叶究竟在等待谁的手来将它割去做成蒲扇后，又为谁送去一夏的清凉？

在我的记忆和印象中，郊野从来都是充满朝气和活力的。我沿着郊野的一条小路走，两旁的野草在我的脚背上亲来亲去。我想去探望一棵黄杨树，我时常在梦中见到它。我感觉它是我的一个亲人，让我惦记和挂怀。我不知道它现在长得好不好，秋风有没有扫光它的叶片，积雪有没有压断它的枝条。多年前的一个午后，我从家里跑出来，我想站在一个高处，把自己像月亮一样挂在树梢。我费了很大的劲，才爬上那棵黄杨树。我在树上睡了一觉。黄杨树是我梦中的梯子。我站在梯子上，看见夕阳在发高烧。它那绯红的脸庞，跟我被灶火映红的母亲的脸庞一样红。我还看见，黄昏打着火把，在替我赶夜路的父亲照明。

那棵黄杨树，见证了我的爱与黑暗的故事。我走了大约十分钟，终于又见到了它。它还和从前一样，只是树干比过去粗壮了许多，伞盖也比过去宽了不少，还多了几分沧桑和荒寂。我站在树下，像站在旧梦的阴影中。我好想再次爬上树，去眺望一次落日，或等待一场风，但我怎么都爬不上去。人的年龄越大，失望就越多。那些年少时干过的事、做过的梦都随着时光远去了，剩下的只有追忆和喟叹。

我在树旁坐下来，抽了一支烟，袅袅的烟雾丝线般将树缠绕。汗水在我的额头滚动，我却感觉不到炎热。我得陪树多坐一会儿。我相信在我离开它的这几十年中，它一定是非常寂寞的。它要独自面对黑夜和旷野的风，要独自承受雷电的袭击和被盗伐的危险。我和树都是大地的孩子，我们都出生在同一个故乡。不同的是，我选择了出走，它选择了扎根。我走的时候，它望着我远去的背影沉默不语；我归来的时候，它仍是沉默不语地看着我满身的疲惫。

探望完黄杨树，我还想继续在郊野走一走。夕阳还未卸妆，离天黑还有一段时间，尽管暑气蒸湿了我的衣衫。我一边走，一边想一个女孩。也是在多年前，也是在这片郊野，我跟那个女孩在晚照下奔跑。那是春天，野花正在盛开。我们跑到哪里，野花就开到哪里。那个女孩特别爱笑。她一笑，脸上就现出一个小酒窝；她再一笑，那个小酒窝就装满了黄金。我记不清我们都在郊野干过些什么，唯一记得的是，她用摘来的野花插满过自己衣服的破洞，还亲手编织了一条草项链挂在我黑黑的脖颈。我们还一起用背筐将星星提回过家，将鲜花献给过鸟群，将歌唱献给过晚风，将心跳献给过初吻。可后来我们都相继离开了郊野，去了陌生的远方，从此彼此都不知道彼此的下落。我只依稀听人说起，她去远方后，遭到一个流氓的玷污。她没脸见人，想去死，被另一个男人救活。再后来，她便跟着这个救她的男人去了另一个更远的远方。

我在郊野上走着，郊野空空的——空空的郊野是记忆空空的坟场。

鸟 窝

我从树下走过的时候，几乎没有注意到那个鸟窝。我在走动中错过了许多的东西——落日与青山的挥手，流水与树影的缠绵，花朵与晚风的分离，种子与沙土的相聚……但我到底还是看到了它，在我回眸的刹那。它作为鸟的一个遗址，牢牢地架在那棵白蜡树的枝叉间。

这是一个空鸟窝。光线从顶端打下来，有一种古旧之感。我不知道这个窝里的鸟都去了哪里，是随着季候迁走了，还是被飞翔带去了远方？也许，它们是遵从了梦想的召唤，去到另一个丛林、石崖或草甸，开始新的生活，换了一种活法吧。

鸟跟人一样，住久了，都是要迁居的。鸟朝鸟想去的地方迁徙，人朝人想去的地方迁徙。不同的是，鸟迁走后，隔一年半载，等到春风吹绿杨柳或桃花染红山野的时候，它们还会飞回来，重新在故乡筑一个窝，找寻旧时光阴。而人呢，一旦迁走后，就不想再回来。哪怕故园长满荒草，墙壁爬满青苔。即使回来，也是要挑时间的。诸如清明节前后，除夕的夜晚或农历正月最初的几天。回来后也不会像鸟一样恋旧，去沐浴春光，把心事和记忆放到阳光下晒一晒；只会跑去覆满野草的坟头，给先逝者烧几张纸钱，放一挂鞭炮。心慈一点的，再跪下磕几个头，说几句言不由衷的话，就匆匆地离去了。

有鸟窝的地方就有鸟的影子和歌唱。我愿意相信是这样。就像现在，我看到白蜡树上的空鸟窝，眼前就会幻化出几只鸟来，它们在我的回忆里飞翔和鸣叫。许多许多年前，大概也是在这棵白蜡树下，有三个光着脚板的孩子，望着树上的鸟窝发呆。窝里有几只肉嘟嘟的小鸟，鹅黄的绒毛像阳光一般耀眼。鸟的妈妈或许是飞出去觅食了，把它的孩子们留在窝里。天就要黑了，夕阳在天边渐次吹熄火把，晚风将火星吹得东一颗西一颗，飘得满天空都是。那几只小鸟感到害怕，孤独和夜幕同时笼罩在它们的头顶。它们紧紧地依偎在一起，发出颤抖的叽喳声。过了一会儿，有一只胆子稍大的小鸟，将头伸出鸟窝，四下里张望了一番，它发现那三个孩子正惊恐地望着它们，和它们之上正在降临的暮色。

那三个孩子的妈妈也是外出觅食去了。他们不知道，他们的妈妈是否跟小鸟的妈妈去了同一个地方。他们都是为了自己的孩子有口饭吃，不至于挨饿。他们想帮自己的妈妈却帮不了。他们可怜自己，也可怜那几只小鸟。他们可怜自己的妈妈，也可怜小鸟的妈妈。他们担心母亲们在觅食的过程中会惨遭不测——被一场风暴刮到天涯或海角，被一阵雷电送去地狱或天堂，被一轮太阳晒成尘土或枯草，被一次山洪冲去地心或远方……

小鸟们在树上盼妈妈，孩子们在地上盼妈妈。不管是谁的妈妈先归来，他们都会欣喜若狂。如果是小鸟的妈妈先回来，孩子们就会吹响呼哨，他们的呼哨是黄昏下的晚祷。如果是孩子们的妈妈先回来，小鸟们就会在树上歌唱，它们的歌唱是晚风中的诵经。

时间晨昏交替地过了若干年，孩子们都长高长大了，那几

呼　唤

只嗷嗷待哺的小鸟也早已展翅飞远。黄昏和风雨，夜幕和孤独，都不再使他们感到惧怕。他们已经能够自己养活自己了。他们不再需要妈妈的呵护和陪伴。他们去了远方生活。妈妈老了，鸟窝空了。空空的鸟窝装着妈妈的盼望和孤寂。那盼望，像月亮一样时圆时缺；那孤寂，像星子一样时明时暗。

我从树底下走过，我的头上有一个空着的鸟窝。我痴痴地抬头望，我是当年那三个孩子中的一个。我能望见的仍是当年的那个鸟窝，我所望不见的是当年的那几只鸟。天又要黑了。天黑得好快好早啊！在天黑之前，我看见有一个老人，慢慢地来到白蜡树下。她的手里拿着一片羽毛。她只知道那片羽毛是多年前从某只小鸟身上掉下来的，但不知道具体是哪一只小鸟。她将这片羽毛珍藏了几十年，只为有朝一日能够亲自将羽毛还给那只鸟。她每天都在鸟窝下等待着鸟儿的归来，头发白了，皱纹深了，她等待的鸟仍是没有来。但她相信那只鸟会来，就像我相信有鸟窝的地方就有鸟的影子和歌唱。

可那个空鸟窝，是死神的一顶帽子，反扣在苍蓝色的天底下。

群　山

我被群山环抱着。山一层叠一层，绵延至天边。我还是个孩童的时候，就习惯了在群山的皱褶间奔跑或仰望。白云在山顶徘徊，飞鸟在苍穹啸叫。我几乎跑遍了群山的每一个山脚，却始终无法到达山峰的顶端。我不知道山的那边都有什么，是否跟山的这边一样——有炊烟和茅屋，落日和朝霞，烈焰下耕种的农夫和月光下睡觉的牛羊？我想我今生一定要去群山外看看，我要用一生的光阴来变成一只鸟。我要飞到群山之巅，去看看我在山脚下无法看到的东西。那些东西，也许是太阳的骨头和眼泪，也许是长河的绝望和永恒，也许是梦想的舞蹈和悲伤，也许是时间的天堂和墓园。

大概十岁那年吧，我跟随一个猎人去翻越一座山。他说只要我肯跟着他走，他就能将我带出群山之外。我很虔诚地跟着他，像跟着自己的一个信仰。那个猎人沉默着，如群山一样暗哑。他的肩头永远扛着一杆枪，却从不朝群山中的猎物开火。有时见到一只野兔或山鸡，他还会吓出一身冷汗，脸色苍白得犹如林间岩石上的一块苔藓。我跟着他在山中转悠，我见他扛着枪的样子很可怜，像扛着一根干树枝或一根野兽死去后的肋骨。我很想帮他扛扛枪，又怕他不愿意。那杆枪既是他的“纪念物”，也是他在群山中行走的“通行令”。若是走累了，他会暗示我跟他一起，在某一棵树下或某一块石头上坐下来。落叶堆积在我们的脚边，厚厚一层。那些落叶红黄错杂，每一片都像是季节寄赠给大地的信笺。我紧挨着他，以为他会给我说点什么。可他仍是沉默着。估计是他觉察到了我们相处的尴尬，他从腰间取下那个拴在麻绳上的颜色乌黑的酒壶，拔掉壶塞，递给我喝。我摇摇头，他于是果断地缩回手自己喝了起来。我们的头上还有枯叶在离开树干。或许正是叶片坠落地面的样子让他忧伤，他竟呜呜地哭了起来。那哭声在群山深处飘荡，使我战栗和恐怖。

我不知道怎么安慰他，只能默默地盯着他看。我们是两个赶山人。我们在群山中孤立无援。后来，我不明白自己是如何鼓足勇气继续跟着他走的，也许是因为一个男人的哭泣，或一杆不朝动物开火的猎枪。我们又在群山中走了很长时间。我们先是走过了春夏和秋冬，接着走过了风霜和雨雪，然后走过了白天和黑夜，却最终都没能走出过群山。这个猎人一直都在骗我。他其实也是一个梦想着走出群山的人。他在群山中走了大半辈子，也未能翻越山顶。他之所以叫上我，是不想让自己过于孤独；不想倘若有朝一日他死在了翻山的路上，却没有人可以将他的尸体扛回家。他需要预先给自己的死亡安排一个通风报信的人。

这个猎人深刻地影响了我。他让我知晓了任何梦想的道路都是艰辛和多舛的，乃至是要付出生命代价的。尤其当我沿着群山起伏的山脉走过许多弯路，爬过许多峰峦和峭壁之后，我才真正懂得了那个猎人曾经的沉默和哭泣——人的一生，有多少光阴属于自己，有多少憧憬能够变为现实呢？

群山依旧是原来的群山，而我早已不再是当年那个一心想要到山外去的懵懂少年。现在，我的脸上和心上，也都有了群山似的皱褶。我站在群山的面前，群山照样环抱着我，但我丝毫没有了翻越和突围它的冲动。我就那样静静地看着它，像看着山上树叶的颜色由绿变黄，再由黄变绿。这一绿一黄之间，不知有多少的时间流走了，又有多少埋葬的和生长的事物在睡去或醒来?

许多年过去了，我再也没有去群山深处走过。我知道这走的后果。那个猎人已经死去多年。他走过的地方，树木都发出了嫩芽。而且，在他走过的那爿山腰上，还筑起了一座庙宇，每天都有晨钟和暮鼓的声音从山中传出来。我站在山的这边，只要听着那悠长而苍凉的声音响起，就会抬头望天——我竟然望见那个猎人的魂在群山之巅自由地飘飞。而当声音止歇，我还会看见猎人留给我的那杆猎枪——它安静地挂在老屋的墙壁上——生锈的枪筒像发霉的往事和潮润的愿想。

坡　地

那是个漫长而寂寥的夏日午后，天地之间已有了一丝浅浅的秋意。溽热的日子就要过去了，我怀着一种宁谧的心绪去到坡地。坡地很荒凉，没有一个人影，也没有一只鸟影。只有满坡萎黄的茅草和田垄间翠绿的红薯藤。我渴望在坡地上寻找到一些什么——走远的春风和暗淡的星辰，耕耘的农人和贫瘠的土地，割草的孩子和埋头吃草的牛羊……

我一个人在坡地上走着。坡地是我熟悉的坡地，也是我陌生的坡地。我沿着曾经走过的路从左往右走，这也是我的记忆回溯的路线。我相信只要这样笃定地走下去，就能抵达我的精神或血脉的上游。只是，我不敢确定，在我寻找的过程中，会有哪些事物出来阻挡我的道路和追忆。我已经很久没有回乡了，或许我在行走中所遇见的一切，都是我找寻的线索和路标吧。

那两块椭圆形的沙地是我最先遇到的。沙地在南方极为少见，整个坡地也只有这么两块。脚踩在沙地上，软软的，像踩在时间的骨灰上。有时大风吹起，沙粒满天飘飞，被风追着跑，仿佛死神在追赶一群绝望的人。有些沙粒跑累了，就落在草叶上，变成另一种疼痛；而有些沙粒即使跑到穷途末路，也不愿意坠落下来，被风所俘获。它们宁可撞死在风的墓碑上，再投胎成新的沙粒，或转世成新的露珠。多年前，我见到一个老妪和一个老头在沙地里种花生。他们俯向大地的身影，像两根插在沙地上的晷针。我在离他们很近的地方站着，我看到太阳的光由东向西地照在他们的脊背上，我还看到老妪下垂的乳房和老头隆起的驼背。他们都在替刚种下的花生掩土，可他们的手都已握不住沙粒。那些从他们指缝间漏掉的黄沙，一如从他们的晚景中漏掉的光阴。现在回想起来，当年的那一幕依旧深深地让我惊悚。我知道，那两位老人已经不在人世了，他们早已被厚厚的泥土掩埋在了地下。我站在沙地上他们曾经站过的地方，弯腰捧起一捧沙粒，像捧起由两个老人的汗液和泪水变成的化石。

在沙地的旁边，我还遇着两棵松树。那是两棵不大也不高的松树，它们生长了几十年，也没有把自己长得伟岸或挺拔。或许，它们也曾想到过飞翔，把自己移植到天空和白云之上去生长，但最终还是放弃了。它们怕自己走了以后，沙地会变得更薄。它们不能带这个头。如果松树先跑了，那紧接着其他树也会跑，草也会跑，花也会跑，地衣也会跑……这样一来，坡地就是光秃秃的一片了。我围着松树转了几圈，地上落满了松果。我拾起一枚，看见上面长满了岁月的鳞片。我想把这枚果子重新还给松树，我反复地朝树冠上抛，我希望其中的一棵树能够接受我的馈赠，但它们死活不肯伸出手来接，好似我抛给它们的是一个昨日的世界，它们已经与那个世界告别了。我哀伤地坐在树下。我的哀伤是松果落地的哀伤，更是落地的松果不能再返回到枝头的哀伤。我不停地抚摸树身，我摸到了松树的老骨头和开裂的伤口。我又幻想把松树的伤口缝合。我抓起地上的沙粒朝松树的伤口里塞，塞到一半的时候，我才发现这些沙粒统统是从天空中掉下来的盐。我顿时感到自责。我立起身，想跟松树鞠个躬或一个拥抱，以表达我的忏悔和罪过。可松树却一动不动地站着，静静地看着我，像两个慈祥的老人，打着伞，替我遮挡住日照。我的悔意更深了。我赶紧离开，朝别的地方走去。

我一个人在坡地上走着。我走过了坡地的阴面和阳面，我渴望在坡地上寻找到一些什么。那是个漫长而寂寥的夏日午后，我的母亲去坡地割柴。我怕她走丢，偷偷地在身后跟着她。我担心她会像她割的柴一样，跟着炊烟走了。在此之前，有很多去坡地的人或动物，最后都没有找到回家的路——一个随落日去坡地割草的孩子却跟着朝霞走了，一头随太阳去坡地吃草的牛却跟着月亮走了。我不能让我的母亲走丢，她是我的精神或血脉的上游，我要像那两棵松树守护沙地般守护好我的母亲。我在坡地上守护了许多年，一直守护到我的母亲坚强到不再走丢的那一天我才远走他乡。眼下我从他乡归来，我的母亲已经老得再没有力气爬上坡地了，可我仍想守护什么。

我的守护能坚持到自己再也没有力气爬上坡地的那一天吗？

燕　忆

燕子飞回来的那天，春天正带着忧郁的面孔，在追赶门前的流水。燕子不知道春天为何要追赶流水，它们只知道自己赶了很远很远的路，才疲倦地飞回到故乡。这是一对恋旧的燕子，自从去岁离开老巢后，它们就被乡愁和寂寞所困扰。它们把孩子带去了远方，也把自己的记忆带进了炼狱。它们在冬天里盼望春天，在流浪的不安中想念弥漫在旧屋内的橘黄色灯光——那灯光曾温暖过它们的睡眠，也曾镀亮过它们的梦想。故在返回的途中，它们都在幻想与灯光重逢的那份美好。或许是幻想过于用力和沉重吧，它们都怀疑自己失忆了——竟然在蓝天和白云之下迷失了方向。它们将太阳飞成黄金，将炊烟飞成月亮，也没能找到去年离开时的那座小山岗——那座小山岗早已被刨成了平地，盖起了楼房。它们失去了记忆的路标，只能在记忆的原地打转，在故园的上空盘旋，却不敢与故园相认。后来，它们还是跟随了风的乡音之指引，和一群亡灵的哭泣声，才找到去年筑巢的地方——那地方已经被一座崭新的预制板楼房所取代。

燕子认得那座新房的主人，他们比去年又老了许多。白发像往事一样缠绕在女主人的头顶，皱纹像枯藤一样爬嵌在男主人的前额。它们在新房内飞了几圈，好似闯入一间铁屋子里，沉闷和压抑使它们窒息。它们多想看看房梁和青瓦，看看墙角的绿苔和窗框上的蛛网，可这一切都消失了，剩下的只有四壁的惨白。月光照不进来，灯光透不出去。即使在白天，也是一间暗室，藏满了发霉的旧底片。燕子很失落，它们深知，自己和时光都再难回到从前。

它们窃窃私语一阵，商量着想到村里的其他人家里去筑巢。它们挨家挨户地选址，发现大多数人家的房屋也都变成了楼房，似一个个城堡。即使尚有未被改造过的老房子，也都门扉紧扣，没有人住了。它们从窗孔钻进去，像两个光阴的偷盗者，试图盗出那本泛黄的族谱和压在香案下的那册老黄历。遗憾的是，族谱和黄历都被房主的后人投进了炉火，就连祖宗的牌位也变成了黑色的焦炭。

燕子议论纷纷，像两个异乡人在谈论春天的花季和细雨。它们决定唱一支歌就离去，永不再归来。它们唱黄土是黄的，唱黑夜是黑的，唱叶子飘落地上，唱露水挂在草尖，唱夕阳染红暮色，唱山风催老黄花……

唱完了歌，燕子去跟它们的旧主人告别。它们再次来到那间“铁屋子”，却看见一个少女坐在屋外的阳光下，用树枝在给春天写信。她很瘦，气色也不好，脸上敷着悲伤。燕子认出了这个女子就是旧主人的女儿，它们去年就知道她病得不轻。一入夜，她就喊疼，跟自己的影子说话。她的母亲想帮帮她，每晚吃了饭，就跪在堂屋的香案前念经。念着念着，少女就安静了，比长夜还要安静。少女有个愿望，想去一趟远方，但命运没有给她这个机会。她很喜欢燕子，时常望着燕子发呆。燕子知道少女在偷偷地看它们，就故意唱歌给她听。少女是燕子歌声里一朵洁白而芳香的花；燕子是少女眼中一对纯洁而迷人的天使。她们在同一个屋檐下守望过黄昏和黎明，寒流和春讯。

燕子以为少女的病早就好了，不想却越来越严重。它们想陪陪少女，不让她太孤单，就临时改变主意，暂时在新屋里筑巢，等少女的病情好转再离去。少女见去年的天使又来到家中，高兴坏了。她每天都穿着一条黄色碎花布裙子，把自己打扮成新娘的模样，在三月里走来走去。燕子见她爱臭美，就趁飞出去啄食的间歇，用尾巴上的剪刀将野花和嫩芽的标本剪回来，送给少女做书签和窗花。少女很感激燕子，把每一天都当作最后一天来活。她不想辜负春天，不想辜负燕子，也不想辜负自己，更不想辜负命运的馈赠，她把每一刻钟每一分钟每一秒钟都活得从从容容，绝不拖泥带水。燕子见她这般乐观，比丢失了故乡还要欣慰。

然而，在这个三月里春意正浓的时候，少女还是走了——她的离去加重了一个春天的痛楚。燕子含着泪，驮着少女的芳魂飞向了远方，从此再也没有飞回来。

飞　虫

春夜，我坐在乡下老屋的窗户边。那是一个木格子的窗，不大，落满了尘灰。我抬起头，能望见夜空上高挂的星辰。那些星辰有的明亮，有的暗淡。明亮的星辰离我很远，暗淡的星辰离我很近。

比暗淡的星辰离我更近的，是屋内熄灭了的灯火，和一只细脚长腰的小飞虫。我叫不出这飞虫的名字，它也叫不出我的名字。我们都是这个春夜里的失眠者。我坐在窗前，是因为春夜太过孤寂；它在春夜里飞，是因为春夜倏忽即逝。我们都是被黑夜喂养大的。只有在黑夜里，我和飞虫才能看清自己。

外面没有夜风。院坝里的一棵橘子树和一棵李子树都睡了，李子树上的白色小花也睡了。我在屋内听到李花在说梦话——它说它开花，不是为了结果，而是对黑夜的承诺，对夜雨的守候，对一棵树年华的记录；它说它的盛开，是异乡人的一个梦，是黑夜里的一缕香；它还说它寂寞地开放，是为一个常年坐在树下抽叶子烟的老人，和一个在春天的田野上割草的孩子，以及一个蹲在池塘边垂着泪洗衣裳的女人，和一只年年都在春夜里飞来盗取它花香的小飞虫。

这只小飞虫，正在我的窗前飞。飞累了，它就爬在窗棂的木条上歇气，仿佛黑夜里的一个寄居者。我凑近它，看它那薄纱似的羽翅，也看它那被夜色掩盖的凄惶和不安。这是一只等待花开的虫子，它几乎夜夜都要从木窗前飞过。几十年前，当我母亲栽下那棵李子树的第一个夜里，它就飞来了。它每次飞来，都要在窗前停留一阵子，先看看我母亲在屋内干什么，再飞去看看李子树又长高了几许。那时我母亲还很年轻，每夜都坐在屋内昏暗的灯光下缝缝补补，煤油灯跳动的光焰焚烧着她的孤寂——当然，它也可能看到了睡梦中说梦话的我，和靠在床头墙壁上打瞌睡的父亲——只是我们都没有注意到它，它太小了，小得跟我们的幸福相似。

也不知道是哪一年，李子树忽然就开满了小白花。我和母亲都感到欣喜。它亲手栽下的树听到了春天的呼唤，就像我身体内的骨骼听到了命运的呼唤。我和李花同时在经受属于我们的季节，也同时在向着阳光和月光生长。

那只小飞虫绕着李花飞来飞去，它等待这一天等得太久了。它知道这棵李子树经历了什么，我也知道我母亲经历了什么。我其实是另一只小飞虫，历来都在母亲的白天和黑夜里飞，在她的睡眠和眼泪里飞，在她的失望和希望里飞……

只是，我不是一只惜爱的小飞虫。我没有窗前的那只小飞虫心细，也没它有耐心。我每次从春天的田野上割草归来，都只顾站在李子花下朝上面望。我望李花的洁白，也望比洁白更高的天空上的蓝。我是个爱幻想的孩子。我在仰望我幻想的时候，我的母亲正在池塘边洗衣——那一池子的水，都是我母亲的泪。

仰望过后，我感到了困倦。往往天还没有黑，我就躲进被窝里睡觉去了。我熟睡后，那只小飞虫就开始在窗外徘徊，有些凄惶，有些焦急。它第一次在看见李花的同时，也第一次看见了我母亲头上的白发。它飞入我的梦中，想唤醒我，像春天唤醒李花，命运唤醒骨骼。但我没有听从小飞虫的呼唤，我睡得很沉。第二天清晨，当我从迷梦中醒来，我发现李花已被昨夜的风雨打落了一半。父亲坐在李子花下，叼着一杆长长的烟斗。那在他烟锅里即将燃尽的烟灰，像贫穷的霞光和在霞光下垮掉的季节。后来，我沿着父亲吐出的烟雾朝外走，去了一个没有李花，也没有小飞虫光顾的地方生活。我走的那天夜晚，李花就落光了枝头。

今夜，我又坐在乡下老屋的窗户边，我又看见了那只小飞虫。若干年来，它夜夜都在等待我的归来，像等待那棵李花重又盛开一般。它叫不出我的名字，但它认得我。它在我的窗前一阵徘徊后，就朝那熟睡的花丛飞去了，带着欣慰的暖乎乎的心情。

甘　雨

夜里终于下起了雨。这场雨似乎早就该下了。

他从清晨起就开始坐在屋檐下等雨，眼睛痴痴地望向天，像望向一个深邃而迷离的梦境。天上阴沉沉的，没有一丝太阳的光线，也没有一朵白云。这很符合他等待的常态，虚空中浮动着一层阴翳。他被这阴翳包裹着，也被守候和等待包裹着。他渴望等来一场雨。从青年时代起，他就在对甘雨的盼望中生长。

尤其是每年的春天，雨水一来，他的睡眠就少了。天刚亮，他就扛把锄头在田野上慢走，他走路的速度跟雨滴坠落的速度是一致的。他们约好要去一个地方，看望一个早在雨水来临之前的若干年就去了另一个地方的人。那个地方无比荒寒，没有春天，也没有雨季，但也没有悲伤、绝望和叹息。那个人在临走的最后一刻，躺在他的怀里告诉他，只要每年第一场春雨降临的时候，就去看看她——看看她坟头的青草长深没有。如果长深了，就请求他用锄头将草铲掉，栽上一株小白花或小黄花。她喜欢看春雨静静地落在花朵上的样子，也喜欢听雨水落在花朵上发出的声音。他是个孝顺的青年，他照着她的吩咐去做了。只是，他每年在春雨浇灌下栽在她坟头上的花朵都不易存活。他曾责怪过雨水，怀疑雨滴里藏着盐和碱，使他的爱和愧疚之花枯萎。雨水为证明自己的清白，就每年都邀请他一同去往坟上种花。雨的意思是要让他明白，为何野地里的其他花都开了，唯独她坟头上的花朵却迟迟不开。去了多年之后，他总算搞清楚了这不关雨的事，是她自己太贫瘠了，她的白骨变成的腐殖物根本养不活一朵小花——就像一场雨养不活一个春季，一个梦想养不活一个人的肉身。

但他还是想试着将她坟头上的花种活，哪怕自己种到老死，也不放弃这个努力。故他一直在等待一场雨。从青年等到中年，又从中年等到老年。雨年年都下，他年年都跑去种花。有一年，也许是雨水来得丰沛，他种下去的花开出了一朵。他兴奋得在雨里狂奔，雨水也替他感到高兴，噼里啪啦地朝他脸上打。他闭上眼，跟雨水下跪，跟花朵下跪，跟睡在坟堆里的她下跪。可没过多久，那朵小花就凋零了，像她的命运一样，比春季本身还要短暂。

他不知道如何是好，他已经越来越老了，正在一天天走向她去的那个地方。可他仍在等一场雨，仍年年都盘算着去她的坟头上种花。他不想辜负她的嘱托和信任，也不想辜负那一年一度的春雨对他的信任。假如他种花的梦想不能实现，那她的梦想也不能实现。一个人怕的不是死去，而是在梦想还未实现时死去。他要替她弥补这个遗憾，因为她一直是他人生最大的梦想。他希望她能好好地活着，当哪一天她老得再也走不动路的时候，他就在院子周围种出一片花圃，将她背到花丛里，看阳光照在她那慈祥而又安静的脸上，看花朵繁杂的颜色点缀她的疲惫和忧伤，看花香染绿她的白发和染红她的笑靥。如果恰好遇到天下雨，他就将她带到屋檐下，陪她远远地看着花圃，听细雨和花朵的低语，听回忆和岁月的呢喃，听幽梦和彩虹的话别。

然而，他没有等到那一天到来。他的福分太过浅薄，她的福分也太过浅薄。他们原本是春季里的同一滴水珠，只因在流动的过程中，分离成了两颗水珠。一颗被黎明领走了，一颗被黄昏领走了——他们中间，永远隔着从黄昏到黎明的距离。

如今，又是一个新的春天了。他从清晨起就开始坐在屋檐下等雨。他料到那场雨会来。这或许是他等待的最后一场春雨了。过了这个春天，他就再也不会有春天了。他已经没有力气种花，他那把种过花的锄头，也早已扔掉了，连同他那些忏悔和祈祷。他现在什么也不再去想，只愿安心地等待一场雨，像安心地等待一朵小花的盛开，和一个死去多年之人的复活。他从清晨等到中午，又从中午等到晚上，他终于等到了那场雨。他坐在午夜的屋檐下，喜极而泣——他说，那场雨跟他今生看到的第一场雨和最后一场雨一模一样。

那第一场雨和最后一场雨，都是他母亲的泪滴。

和　风

也许就要起风了，在这个荒凉而寂静的上午。野地里一个人也没有，只有几朵黄色的小花低着头。小姑娘放下手里自制的风筝，走到花朵的旁边，蹲了下来。她想摸一摸那几朵孤零零的小花，手刚伸出去，又忽然停住了。她发觉那些小花朵一直在躲避她的目光，就像她躲避着村子里其他人的目光那样。

白云依旧是去年的样子，在天空悠悠地飘动。小姑娘故意将目光从小花朵的身上移开，望向天上的云朵。她这么做，既是在保护花朵，也是在保护自己。她们都太弱小了，淡淡的一缕阳光，便可轻易地将她们灼伤。或许是白云知道小姑娘在望它，

飞

也顿时害羞起来。不多一会儿，就变成了稀稀拉拉的泪珠，坠落到野地上和她的嘴唇上。小姑娘伸出舌头，舔了舔，这天空的眼泪竟然跟她那清澈、明亮、干净和忧郁的眼眶里流出来的眼泪一样咸，一样苦涩。她终于明白，为何那些黄色小花和洁白云朵都要躲避她的目光了。它们经受不起她那目光长久的抚摸和凝望,她的泪水里含有太多的盐分。凡是被她注视过的事物，都会结上厚厚的碱。故多年来，她都习惯了把自己藏在生活的暗处。即使偶尔遇见明亮的事物，她也会悄悄地绕开，像绕开那些总也绕不开的疼痛、孤独和惧怕。

可小姑娘这次到野地里去，不是要观赏一朵小花，或凝望一朵白云，而是想放飞手里的那只风筝。那是一只写满了心事的风筝。小姑娘花了整整一天时间才将它做成。她先是去后山挑选了一根金黄色竹子来做风筝的骨架，又偷偷地撕掉了自己的作业本来做风筝的皮肉，再熬了半碗浆糊将风筝的骨架和皮肉粘牢。最后，她又拆了一件母亲离开家乡之前给她织的旧毛衣来做放风筝用的长线。她期待这只亲手做的风筝能够顺利地飞上天,这是她长这么大以来的头一个梦想。她想像风筝那样飞，飞到白云之上，飞到村里人都不再能找得到的远方；她还想骑上风筝，去看看母亲到底在南方的哪一个角落里熬夜和哭泣，看看父亲到底在北方的哪一个工地上喊疼和打鼾。她不想再在低处生活，她要飞到高处去，飞出贫穷对她的压榨，飞出亲情对她的冷漠，飞出奶奶死后对她的折磨，飞出爷爷病后对她的依赖……

小姑娘在野地里走来走去，她手里的风筝也在陪她走来走去。这是一个荒凉而寂静的上午，她想快快地将风筝放飞，可那能够使风筝起飞的风却迟迟不来。小姑娘焦急地等待、盼望和祈祷着。在这之前的许多天或许多年里，她在野地里遭遇过无数场风——在她割草的时候，种地的时候，静坐发呆的时候，守望落日下山和炊烟升起的时候，坐在奶奶的坟堆前悄悄说话的时候。那些风时大时小。风大的时候，她听到风在唱着悠长而不倦的悲歌；风小的时候，她听见风在发出微弱而沉闷的叹息。她太熟悉那些风了，那些风也太熟悉她了。她是风唯一的听众和知音，风是她成长的馈赠和磨难。

或许在风的眼中，这个脸盘圆润、眼神迷离的小姑娘就是一朵永远低着头的小花，或一朵蓬松的蒲公英。风只要轻轻一吹，就会将她吹散。故只要小姑娘每次到野地里来，风都要避着她刮，这大概也是为何她在遇到那么多场风后都还能安然无恙的原因。

小姑娘越来越焦急，站在野地里瑟瑟发抖，她手里的风筝也在瑟瑟发抖。那只风筝的脊背和胸腹上都写满了密密麻麻的娟秀字迹。那每一个字迹，都是从她的心窝子里流淌出来的，既浓缩了爱，也浓缩了恨。在等风的间歇，小姑娘重又将那些字迹认真地看了一遍。那几朵孤零零的黄色小花和天上孤零零的白云也将那些字迹看了一遍。小花看后，头垂得更低了。白云看后呢，更是忍不住大颗大颗地落泪——白云的泪把风筝和风筝上的字迹都打湿了。

这一切，风都看在眼里。它想刮一场大风，将风筝和小姑娘一起送上天，但它到底还是没有刮，它只吹了一阵和风。

它看见小姑娘的手紧紧地抓着风筝的骨架，眼泪在和风里飞。

风　笛

那细长而悠扬的笛声响起，像这个春日早晨的薄雾和黄昏时分的炊烟，有一种惨淡、忧郁的调子。这笛声是一个上了年纪的人吹奏出来的——也只有上了年纪的人吹奏出来的笛声才会那么苍老，像经秋的草叶上覆盖着一层厚厚的白霜。

没有人知道这个老人的内心都经历了什么，人们唯一知道的是，只要老人的笛声一响，整片山野都会变得异常幽静——聒噪的鸟雀禁声了，在风中舞蹈的树枝停止了摇曳，泥土里发芽的种子暂缓了生长，就连那蓬勃的野草和娇嫩的野花也低垂着头……它们无一不是这位老人的知音，全在静静地聆听着那笛声的哀诉。倘若老人哪天没有到山野来吹笛，它们就会焦躁不安，天地之间也会骤然失去秩序和和谐。

或许正是出于对他那些知音的报答，老人每天都必定会到山野来吹奏一番，除非是他生病了或天降大雨——他也需要通过吹笛来纾解内心的苦闷和愁绪。在这个世界上，他认为是不会再有人理解他的了，就连跟他朝夕相伴的那条老黄狗也不会理解他，故他只好将心思寄托在吹笛子上。他相信那些鸟雀、树枝、种子、野草和杂花是可以理解并同情他的。他吹笛子，不是为排遣孤独或追忆青春，也不是为消磨光阴或纪念晚景，更不是为修补创伤或抗拒死亡，而是为他那已经死去的儿子安魂。

这位老人只有一个儿子，可他这仅有的一个儿子在这个春天尚未到来之前就死去了。那同样是一个惨淡且充满忧郁色调的日子。他的儿子从遥远的城市匆匆赶回故乡为母亲奔丧。这是个孝顺的儿子——他在异乡的城市当牛做马若干年，只想挣点钱回来将破败的老屋修一修，不让父母晚年的骨头里再囤积更多的风寒和病痛。但令他怎么也没想到的是，当他在异乡的白天和黑夜里忙着生的时候，他母亲却在乡下的灯火和星光下忙着死。他们都在各忙各的，却又都在忙着同一件事情。但最终，他还是没能忙过他的母亲。他母亲死的那天，异乡的天空一直在下雨，雨水泡湿了他面朝故园方向燃烧的纸钱和香烛。他很想立刻赶回老家给母亲送葬，可他没有路费和丧葬费，只好蜷缩在异乡的角落，把自己深深地掩藏起来，在心里一遍又一遍地默默念诵经文。

也不知道是在他念诵经文的头天夜里，还是第二天夜里，他看到母亲在他的念经声中哭泣，边哭边唤他回家。他感到后怕，母亲的泪滴坠落到地面的声音，像道士敲出的木鱼声敲打着他的肉体。他陷在夜色里，似一尊冷冰冰的石头雕刻成的佛像。他开始讨厌自己，身子瑟缩着。他停止了念经，拼命地将头朝墙壁上撞——要把自己扼杀在黑夜里——要将母亲的每一颗泪珠都变成一朵莲花。

天亮之后，他想尽一切办法，终于从几个工友那里凑齐了回家的路费。他怀着焦急而忐忑的心情从异乡匆匆朝家赶，他希望能在母亲的遗体下葬之前赶回故乡。可他还是晚到了一步，他刚靠近故乡的边沿时，他的母亲就已经入土了。以至于他一到母亲的新坟前，就晕了过去。当他醒来，耳朵里听到的全是村里人咒骂他不孝的指责声。他没脸继续苟活于人世。他在母亲的坟前坐到黄昏降临，又坐到月亮升起。他又依稀听见母亲在坟堆里轻轻地唤他回家的声音，那是一种疼痛的声音——爱的声音。那天晚上，他没有再活过来，跟随母亲的呼唤去了天堂——回到了他那梦幻中永恒的故乡。

他是这位老人仅有的儿子，他的离去使老人雪上加霜。老人觉得对不住儿子，就将提前给自己预备好的一副棺材送给了他，那是他这辈子唯一能拿出手的送给后人的温馨小巢。除这副棺材外，老人还珍藏着一支笛子，那是他多年前亲手做的。他知道儿子从小喜欢吹笛子，准备在儿子结婚时作为礼物送给他，可他再也没有这个机会了。老人本想将这支笛子放入儿子的棺材里，可最终还是留存了下来。他说，只要吹响竹笛，他那死去的儿子就会牵着死去的老伴来看他。

这位可怜的孤独老人，大概只能在他那细长而悠扬的笛声中过完一生了。

清　明

这是一个飘着微雨的寂静日子。田野上的树和草都肃穆着，静悄悄地在等待一场仪式。正如蜡烛在静悄悄地等待天黑，夕阳在静悄悄地等待黄昏，泪水在静悄悄地等待眼眸，时间在静悄悄地等待生和死的相逢。

我在田野上走着，我的脚步和吹过荒草的风也是静悄悄的。雨丝从天空中缓慢地洒下，形成一张薄薄的透明帘子。它想遮挡住些什么？是像黑夜遮挡住一个梦境，还是像清明遮挡住一场祭祀。我拨开雨雾的帘子，径直朝田野的那头走去——那是一片坟场。远远地，可以看到坟头上有白色的纸幡在飘动，这让我知道已经有人赶在我的前头去过坟场了——在这个世界上，总有许多的事或人跑到我的前头去，我老是追赶不上它们——我追赶不上早晨升起的太阳，追赶不上路过山底的河流，追赶不上匆匆逝去的青春和回忆，追赶不上快速转动的年轮和衰老……

雨丝静悄悄地继续飘着，周围的荒草透出浅绿的颜色来，路面也比先前阴湿。我想走快一点，去坟场挂青后就转身离开。我怕听到那纸幡被风吹动的簌簌声，怕听到燃烧的纸钱遇到雨水后发出的呻吟声，更怕听到亡灵顺着檀香的青烟钻出地面来问这问那的关切声——他们死后仍在关心着自己家族的兴衰、六畜的肥瘦、庄稼的丰歉、月亮的圆缺、树木的荣枯和花朵的盛凋。

可我越走脚步越迟缓。我渴望遇见一个人，跟我一起去往田野那头的坟场。我担心万一遇到亡灵的询问而我又回答不上的话，就由他代为回答。我已经很多年都没有回乡了，故乡的一切对我都是生疏和隔膜的。我是一粒被风刮走的蒲公英种子，或一颗被鸟雀叼走的油菜种子，落在了另一块土地上。日长夜久的漂泊，早已使我沦为一个异乡人，而一个异乡人是没有资格和能力去向先祖汇报故乡的近况的。

我在田野上静悄悄地走着。我走了许久都见不到一个人影。雨雾编织的帘子越织越密，氤氲出一种清明时特有的自然景象。我的心里忽然涌起一阵哀婉——为什么回乡的人越来越少呢？难道他们是把回家祭祖这样的大事搞忘了吗？我停下脚步，伫立在细雨中——我听见有一只鸟，在不远处的树枝上鸣叫。那叫声清冷、落寞，似谁在空旷的田野上弹奏出的一支年代久远的恋乡曲。

或许正是受了这恋乡曲的感染，我突然想先去田野的东边看一只亡鸟，然后再去坟场挂青。那只鸟死于三十年前——我六岁那年的一个多风的午后。那是一只雏鸟，它想极力挣脱母亲的怀抱，便从鸟窝里偷偷地溜出来，扑腾着鹅黄色的翅膀，在铅灰色的天空下练习飞翔。由于太过用力和摩擦，它稚嫩的双翅上沾满了血迹。血腥味在风中弥漫，久久不散。那个下午，我蹲在田野东边的一块石头上想心事。我无意中看见这只鸟。我很想帮帮它。可我还没站起身，它就在自己最早的飞翔中死去了。我将它埋葬在一棵开花的洋槐树下。我向鸟的亡魂承诺，每年清明都去树下看它。然而我的承诺一次都没兑现。今天我忽然想起这只鸟，想起多年前的这段往事，觉得很有必要去看看它，顺便也看看那棵开花的洋槐树。我理应给那只死去却没有人知道的鸟烧几张纸钱。可我围着东边的田野转了好几圈，都没有找到那棵树，自然也没有找到那只鸟的坟地。我站在雨中的田野上，心中一片茫然。我无法言说我的哀伤——我怀疑这件事是否真的发生过，它莫不只是我对一个梦境的陈诉吧？

我回转身，继续朝田野那头的坟场走去。我不能再多愁善感了。我得快快地给亡故的亲人们送去节日的慰问。雨越下雨大，越下越急。我刚走到坟场，不料却看见一个十来岁光景的孩子，跪在一座新坟前嘤嘤地哭泣——他的哭声让我战栗。我不知道那座新坟里躺着的是他什么人。我一下子又想起了多年前那只练习飞翔的雏鸟。我也想帮帮这个孩子，但到底还是放弃了。

我呆呆地立在他的身旁。我听见他那稚嫩的哭声里开满了白花。

影　子

许多个日子以来，她就那样静静地坐在一所低矮、残破的茅屋里。黄昏的光线穿透了她的沉默。她将头靠在由乱石垒砌的潮湿土墙上，怀抱着自己的影子，像怀抱着一面蒙尘且不再反光的镜子——她在想，这所曾关过牛、关过羊、关过鸡和关过兔的茅屋，到底是不是一个可以埋骨的好地方。

三月或四月的风从茅屋的顶上拂过，她渴望这微弱的风能将枯死的茅草救活。那样的话，她的屋顶上就会出现一片春天。她也能够在枯草的转世中，将茅屋变成一座乡村小教堂。她要在小教堂里吃斋和念佛，要把每一个孤苦的晨昏当作节日来过。

几天前的傍晚，她的孙子和孙女偷偷地来茅屋看过她。这两个孩子都是她一手带大的——他们是她的菜园子里生长出来的青菜和萝卜，也是她那金黄色的麦田上空飞翔的蝴蝶和蜻蜓，还是她那漆黑的夜空下安详的月光和星光。

这是两个懂事并知晓感恩的孩子。他们想把她接回原来的家里去住。他们已经给她铺好了床，在床上垫了厚厚的干稻草。他们知道她的身子虚弱，需要借助稻草来取暖。她理解和明白孩子们的心思，她在两个孩子的请求中流下了浑浊的泪滴。她也想过跟着孩子们回去，但最终还是拒绝了。她希望她的儿子也能像孙子孙女一样来茅屋看看她，也能亲口对她说一句：我已经在家里替你铺好了床。

可她的儿子是个铁石心肠的人——他老说自己比母亲还要不幸。他是一个隐形人，他不敢在阳光的照耀下生活。有许多许多年，他都在外面的世界流浪。他穿着一件隐身衣，四处去偷盗城市里的睡眠和咳嗽，病痛和羞辱。回到村里，还要继续偷盗大地上的水源和食物，绝望和仇恨。他埋怨母亲不该生养他。他说自己一出生就已经死亡。

他也有过一个妻子，那是他的母亲花钱托人从一个遥远的村庄带回来的。他的妻子是个哑巴，不会哭也不会笑，不会说恨也不会说爱。他们结合在一起，不为别的，只因八月的乡村需要八月的蝉鸣,七月的旷野需要七月的风沙。他讨厌他的妻子，也讨厌他自己。他们是一对爱人，也是一对冤家。他一直在期待妻子能够开口说话，替他喊出他无法喊出的疼。但他的妻子让他失望了，她自从跟他生了两个孩子之后就下落不明，像一滴露水从草叶上蒸发。他诅咒这个负心的女人，他怕孩子将来会重复自己的命运和人生。一怒之下，他逃到了远方，将两个牙牙学语的孩子抛给了母亲，一如将雨水和干旱抛给了多灾多难的土地。

多年以后，他带着满身的疲惫和伤痕回到故乡。跟着他一起回来的，还有一个同样是满身疲惫和伤痕的女人。这个女人曾拯救过他的孤独，也拯救过他的性命。他想跟这个女人、母亲和两个孩子好好地过日子，但这个女人既容不下他那白发苍苍的母亲，也容不下他那两个孤苦伶仃的孩子。在一次激烈似雷鸣般的争吵过后，他的母亲被赶到了茅屋里去居住。

三月或四月的风骑着马，穿过茅屋和她的晚景。她坐在潮湿、低矮、暗淡的“小教堂”里，小声反复地唱诵她的赞美诗。

这首诗是多年前她自己编的。她编这首赞美诗，不是要唱给上帝听，而是唱给她的孙子孙女听的——她的孙子孙女也是她的上帝。那些年，她的孙子孙女老是怕黑，怕走夜路，怕池塘里的蛙声和响彻大地的春雷。要不是她夜夜都唱赞美诗给两个孩子听，他们根本就没法入睡，更没法走出成长的忧惧和悲苦，荒凉和惊悚。

她在唱诵赞美诗中怀抱着自己的影子，她的影子布满裂纹——那裂纹似一根根记忆的绳索，捆绑着她，使她无法呼吸。她想挣脱，像睡眠挣脱噩梦，祈祷挣脱哀歌，灵魂挣脱肉体……但这一切都是徒劳的。她越是挣扎，裂纹越深。暮色聚拢起春日里的湿气，茅屋顶上结了一层厚厚的岁月冷霜。风也停止了它的吹拂，化为一缕缕黑暗的清凉。她被这清凉包裹、压迫和窒息着。

她决心不再见任何人了。她要彻底在这所由茅屋变成的“小教堂”里，把自己坐守成枯瘦如柴的耶稣模样。

雷　鸣

浓云低垂下来，像天空做的一个梦。远处的山梁上和近处的树巅上都铺满了黑色颗粒状的东西，整个天地之间都被一种不安的氛围笼罩着。风在不断地盘旋和叫嚣，复仇似的折磨着这个春末的乡村黄昏。夜就要来临了，有两只蝙蝠倒挂在瓦檐下，好似在等待着什么。沉睡了一个冬季过后，它们在怀疑自己是否还能飞翔。其中的一只，刚张开它披了黑纱的双翅，想冒然闯入黄昏的怀抱。这时，它听到从远处传来一阵隐隐的雷鸣。它迅速收起黑纱，犹豫而谨慎地把自己裹紧。

比蝙蝠裹得更紧的，是坐在瓦檐下一个表情木讷的男子。

他的脸膛黝黑，像是才出窑不久的一个变形陶罐。许多年以来，他就那样孤寂地坐在那里，沉默着，自己跟自己守孝似的。他的母亲尚在世时，兴许是见他可怜，每天夜幕初降时分，都要端张凳子紧靠他坐着说话——她说记忆中没有雪的冬天，说晚霞映照下的麦田和池塘，说雨夜里赶路人的悲喜，说错过了花期的桃林深处的小径……

他的母亲在说这一切的时候，他那空洞、呆滞的目光始终望着远方。他只沉浸在自己的世界里，他忘记了身旁的母亲，甚至忘记了自己。但他的母亲相信他在聆听，就像她相信自己的讲诉不但能使失语的儿子听到，还能使天上的神灵也听到。

有很多次，他的母亲讲着讲着就流下了眼泪。她知道自己老了——她的牙齿只剩了最后一颗，她的腮帮已经凹陷，她的眼睛一个月前就失明了，她的两条腿也开始站立不稳。她不知道要是哪天自己走了，她那坐在瓦檐下的儿子该怎么办。她深刻地明白，那残破的瓦檐虽暂可替儿子遮挡住骄阳和暴雨，却最终无法遮护他走完他的一生。

光阴是冷酷、易逝和模糊的。两年前一个铺满月色的夜晚，他的母亲在他的沉默和眺望里远去了，变成了一只驮着落日飞翔的大雁。他没有哭泣，更没有悲伤。他已然见惯了太多的死亡，故母亲的死早已被他看淡。他没有为母亲送葬。当他的两个妹妹痛哭着将他们的母亲送上山时，他仍坐在瓦檐下，望着漫天翻飞的纸钱和一路飘摇的白幡，跟做梦一样。他的两个妹妹没有责怪和埋怨他，她们理解和同情这个哥哥，一如她们理解和同情她们彼此生活里的风霜和疼痛。

他的母亲死去之后，他更加孤寂了。他白天和黑夜都坐在瓦檐下，他把自己坐成了一座雕塑。他的两个妹妹恳切地告诫他——现在母亲不在了，天黑前必须进屋，把房门锁紧，连月光也不要放进来。可他丝毫不听妹妹们的劝告，他是个习惯了黑夜的人。他从不惧怕黑夜，也从不惧怕黑夜里的磷火和魂灵。

但就是这个沉默、木讷的黑脸膛汉子——历来什么东西都没怕过的汉子，却唯独在他的母亲逝去之后开始怕一样东西——雷鸣。他只要听见天空中有或沉闷或响亮的雷声发出，他就会抱紧自己的头，瑟缩成一团，跟瓦檐下倒挂的蝙蝠没有什么两样。

那也是许多年前的事了，他跟着几个同样是黑脸膛的汉子到一座小城的地心深处去挖矿，他们幻想着能够在那里挖到黄金和钻石。那是一个阳光明媚的上午，他们带着祥和与祈祷的心情走入地下。他们集体商量好了，只要这次能够活着从黑暗深处回到地面，就各自回家种十亩桃花送给爱人，种十亩草药送给父母，再种十亩高粱送给自己酿酒喝。但那次他们的运气实在太差——走入地下半个小时不到，就被一个震耳欲聋的雷鸣炸得失去了知觉。等他苏醒过来时，已经不会说话了，而其他几个汉子，则被永久地埋在了地底。

他被人送回故乡后，就成了一个活着的死人。

夜就要来临了。在这个春夜来临之前，浓云低垂下来。风在不断地盘旋和叫嚣。不多一会儿，从天边传来一阵隐隐的雷鸣。那雷鸣声越来越大，越来越响，欲将黄昏撕裂似的。在雷鸣声中的瓦檐下，倒挂着一只惊悚的蝙蝠和寂坐着一个惊悚的人。

小　径

那是一条阴森、弯曲的小路，它的一端通往密不透风的丛林，另一端则通往荒无人烟的峡谷。在我的记忆里，这条小路更像是一条脐带，它既连接着山村的日月和炊烟，也连接着乡里人的生死和歌哭。

我至少有十年没有走上这条小路了。我之所以决定要再去走一走，是看还能不能通过行走，拾回和聚拢那些业已散掉的记忆叶片，或点燃和捕捉到时常在我睡梦中出现的那些熄灭的火花。

淅淅沥沥的小雨不停地下着——下在路两旁葳蕤的树木

上，也下在树木湿滑的青苔上。我侧耳聆听着雨声的密谈，感觉记忆也在随之膨胀、发芽——它们是春雨浇灌下生长出的竹笋和野山菌。那一瞬间，我想起许多的旧事——一个秋天的早晨，有位嘴上叼着烟的男子在小路上迟缓地走着。他的手里拿着一把锃亮的弯刀，可他既不砍柴，也不割草。他只用刀在自己的脖颈和手腕上比试，待刀刃快要挨着皮肉了，他又慢慢地将弯刀放下，像一个僧侣放下手中的木鱼锤，转而迷恋起了红尘。

小路上异常安静，只有两只绿头灰翅的鸟雀跟在男子的身后——它们要么是嗅到了空气中的血腥味，要么是被死亡本身所吸引。那两只鸟，一只是男子的前世，一只是男子的今生。约莫一刻钟过去，天光日趋明亮了，那两只鸟雀朝男子喊了几声，就不知去向。那个男子抽完烟盒里的最后一支烟，坐在一棵黄杨树下默默地流泪，边流泪边用弯刀在黄杨树的枝干上刻下一个人的名字。那个名字，可能是他自己的姓名，也可能是他新逝母亲的姓名，还可能是他深爱着但前不久跟人跑去了异乡的女人的姓名。

还有一件旧事，发生在那年有雾的冬天。一个身穿褐色毛衣、神情沮丧的女人躲在小路左边的翠竹丛中。她那哭得红肿的眼睛布满血丝，好似干枯枫叶上的红色叶脉。浓雾形成的天然帘子，遮挡着她的恓惶和羞涩。她已经在那里等待很久了——她在等待一场浓雾，也在等待一个裹着浓雾来与她相见的男人。自从她的丈夫去年瘫痪在床后，她就学会了等待——等待三个孩子快快长大，等待丈夫尽早从痛苦中得到解脱，等待天空每日都下大雾，等待那个男人每天都能来竹林里见她。一旦那个男人出现，她就可以获取一袋大米、几袋食盐、一块猪肉或几斤面粉。她特别需要这些救命的食物，不然，她跟三个孩子，以及丈夫都很难熬过寒冷的冬天。只要能让一家人活命，她甘愿牺牲自己的贞洁、道德和良知，也不怕背负上任何带侮辱性的骂名，更不怕死后会下地狱，永世不得再投胎做人。

往事像弯曲、阴森的小路在延伸，我已经十年没有走上这条小路了。我不想被往事淹没或掉进往事的深沟里去。我想变得清醒和通透一点，便顶着细雨朝小路另一端的峡谷方向走。当我从那棵刻着名字的黄杨树和那丛躲藏过女人的翠竹旁路过时，我故意不去看它们。我知道，它们是另一道峡谷和深渊。我希望曾经在这条小路上发生过的一切，都能像被厚厚的落叶掩盖住的青石路面，封存在遥远的岁月岩洞中。

有彩虹的天空

我不打算在这条路上走得太远。不管是什么样的道路，走得越远，丢失的就会越多。到最后，可能连返回的勇气都没有了。细雨滚成水珠从树叶上坠下来，砸在我的脸上，有轻微的疼痛感——薄荷似的疼。我的脊背升起一股寒意。我转身朝回走，路面比刚才阴湿，脚踩在上面，步步都有踏空的感觉。我小心谨慎地走着，忽然，我感觉身后有窸窸窣窣的声响传来。我扭转头，竟看见一个小孩子战战兢兢地站在我的身后。我不知道他是从哪里冒出来的，他或许比我先来到这条小路上，也或许自从我踏上小路的那一刻起他就尾随着我了。我不认识这个孩子，但又觉得很面熟。我怀疑他是从我的记忆和印象里跑出来的，专为来小路上与我相遇。我没有多问什么，想牵住他的手，但被他拒绝了。

他说他没有名字，只想跟着我走。他还说他并不需要我的引领，他只是怕黑和雾，怕鸟和刀子。

春　事

天将明未明之际，布谷鸟就在薄雾里叫了。它的叫声里藏着一把剪子，不但可以剪去夜色里的杂质，还可以剪去农人的睡眠。她就是在床上翻身的时候，听到这勤劳地监督农事的鸟叫声的。她爬起身，再也无法入睡。她本想拉亮灯，又怕惊醒和刺激到身旁睡得正酣的两个孩子。于是她只能摸索着穿衣服，一缕隐隐的白光从窗子和墙缝里透进来，照在她那睡眼惺忪的脸上。

即使那只布谷鸟不叫，她每天也是在这个时候起床的。她的体内本来就住着一只布谷鸟，不分季节、不分晨昏地在催促她，这使得她总是比黎明醒得更早。她起床后做的第一件事，就是生火做饭,灶间暖红的火光跟她的年龄一样熠熠生辉。做好饭后，见孩子们还在梦中，她又将鸡鸭赶出栅栏，将两头黑山羊牵去野地里吃草，给笼子里的十只兔子喂水……忙完这一切，晨曦也就照临大地，她也度过了一天中四分之一的时光。

从前，她的丈夫在家的时候，他会跟她一同早起。他不忍心妻子被那只该死的布谷鸟催老了容颜，更不忍心她的苦难从黎明就开始。虽然他不是太爱他的妻子，但他到底是个有同情心和责任心的男人。他看到妻子起床后忙碌的身影，自己也不愿意闲着，跑去地里除草、翻土、播种、施肥……他想与妻子一道，迎接日出和惠风，梦想和光明。她目睹丈夫同甘共苦的表现，心里升腾起彻骨的甜蜜。

可是突然的一天，她的甜蜜瞬间就消失了，这让她的日子变得无比漫长和寂寞。那也是一个有布谷鸟叫唤的薄雾时分，她像往常一样被鸟声催醒。但说不清为什么，她总觉得那次布谷鸟叫唤的声音有几分凄凉和幽怨，跟平常叫声的清脆和响亮不同。而且，它还叫得特别急切、尖锐，暗含一种离别和垂泪的音调。她躺在床上，心异常地慌乱，这是她从未有过的情形。

她想迅速爬起床，穿好衣裤去厨房做饭，但那床却像安装了磁铁似的，紧紧地将她吸附住。她数次从床上坐起来，又数次躺下去。她意识到这是一个不同寻常的黎明，也猜想到将有什么大事发生。布谷鸟仍在屋外催命似的叫，曙光已透过墙缝和窗子钻到屋内的地板、木床，以及她因忧思而略显苍白的脸上。她再也不能赖床了，她绝不允许清晨的第一缕阳光比她起得还要早。她挣扎着爬起床——这可能是她做母亲后起得最晚的一次了。她来不及梳理乱发就去开门干活，谁知，木门刚一打开，几个怒气冲冲的彪形大汉便闪电般闯进了屋。她大喊一声，靠在门框上，身子瑟瑟发抖。随即，她的丈夫就被那几个汉子押解着从屋内走了出来，连外衣外裤都没穿。她不知道这是怎么回事，两个熟睡中的孩子也被吓醒了，跑下床拉着她的衣襟哇哇地大哭。看着丈夫被人用绳索捆走的狼狈模样，她知道自己永久的黑夜降临了。

她想去把丈夫给追回来，但她是脆弱和渺小的。她只是一个女人，只是两个幼童的母亲。她没有力量去反抗她所遭遇的一切，就像她无力抗争她那多舛的沉如磐石的命运。后来还是在她带领两个孩子去看守所探视丈夫的时候，才搞清楚丈夫被抓的原因——两个月前，她那忠厚、勤劳、善良的丈夫带领一帮人到处去寻衅滋事，说要替自己讨回公道和找回做人的尊严。他被人规劝回村后，还不服气，仍在暗中唆使人继续闹事。他表面上将自己伪装成一个勤快的庄稼汉，实际上却是个地道的阴谋家。他骗过了夜夜睡在枕边的妻子，也骗过了家门前那只日夜叫唤的布谷鸟。

丈夫被抓走后，她的睡梦多了起来，还经常被恶梦吓醒。她那原本就比其他人长的白昼，又增添了一个序曲和尾巴。那只布谷鸟的叫声越来越暗哑，她知道春天很快就要过去了。她想牵出圈里的耕牛，去把闲置的水田犁一犁。不然，她跟孩子们来年都得饿肚子。这些笨重的农活，以前都是她丈夫干的，现在只能落在她的肩上了。

她肩扛犁铧，左手牵着牛，右手牵着孩子，孩子又牵着孩子，一步一步地向春阳朗照下的水汪汪的农田走去。

窗　下

那是一间朝阳的老房子，红褐色的土墙被日照晒得斑驳了。远远看去，像是刚剥了皮的黄牛的肌体。那扇雕花的木窗就镶嵌在这面土墙上。只要太阳升起，木窗就被阳光镂刻成了一朵莲花。莲花的根部，还有一条戏水的游鱼——鱼被水牢囚禁着，也被阳光囚禁着。若是天下雨，阳光没有出来，那朵荷花和那条游鱼就只能安静地待在木框内，把自己变成挂在墙上的一个旧物件，装饰着这个枯燥、难熬和阴沉的日子。

每天从早上到傍晚，他都坐在木窗的底下。他的前面有一张桌子，桌上搁着一本处方签和一支笔；左侧是一个木架，上面整齐地排满了各种大小不一的白色瓶子；右侧则是一个跟他的身高差不多的柜子，柜面上端正地写满了各种植物的名字：茯苓、黄芪、甘草、大黄、豆蔻、丁香、柴胡、白芍、紫苏……

或许明眼人早就看出来了，他是一个乡村医生——大约五十多岁，脸孔瘦长，秃顶，额头有刀刻似的皱纹，下巴上生着玉米须似的胡子。他戴着一副老光眼镜，镜架总是悬在鼻翼上，像两片厚实且蒙灰的玻璃。没有病人光顾的时刻，他会把眼镜摘下来，用布包裹好，像收藏一件遗物那样放进桌上的皮质小盒子里。然后，目不转睛地盯着那扇木窗看。大家都以为他是在看那朵荷花和那条游鱼，其实他看到的都是些跟木窗无关的东西——他看到太阳睁大血红的眼睛在蓝天上哭泣，看到成群的山羊在跟一片枯黄的野草下跪，看到炊烟在参加一棵老树的葬礼，看到一片草花在祭祀远走的春天……

很多病人都说，他不大像一个医生，而是像一个乡村哲学家。他老是以美学的思维来分析病情，以诗人的感悟来理解疾病，这使得他在患者中的口碑极差，但他又无疑是患者最为爱戴和崇敬的人。作为这个村庄里唯一的医生，多年以来，他以高超的医术救治过许多人的生命。在面对任何一个活生生的患者之时，他从来都是严谨、负责和慈悲的，丝毫不像诗人或哲学家那样信口雌黄，说一些冒犯社会的话，干一些触怒众神的事，发一些无关痛痒的牢骚。他开的每一张药方，都是一剂安魂汤。

在他的行医生涯中，有三位患者是他印象深刻的。第一位是个小孩子，他来老房子找他的那天，他正被昨晚做的一个梦所困扰。那个孩子问他："你为何一见到蝌蚪就担心河流干涸，为何一到黄昏就想念消失的萤火，为何一端起饭碗就觉得愧对金灿灿的稻谷，为何一闭上眼睛泪水就止不住地朝外流？"他回答不出孩子的问话，只知道孩子的病很严重，可又开不出为其治病的方子。第二位是个中年妇女，她来老房子找他那天，他正被第一个小孩子的病情所困扰。那个妇女说，她最近老是失眠，耳朵里时常听到某些奇奇怪怪的争吵声。她听到去年的一场雨和前年的一场雨在争吵到底是谁打落了今年的第一片黄叶。她听到屋后的两枝桃花在争吵究竟是谁辜负了春光和放走了一对偷情的蝴蝶。她还听到一个自己跟另一个自己在争吵到底谁才是真正的自己。他茫然地望着这个活在听觉里的妇女，他想给她开一张方子，可他翻遍了祖传的医书，都没找到世界上有这种病的案例。第三位是个老人，他来老房子找他那天，他正被第一个小孩子和第二个中年妇女的病情所困扰。那个老人拄着拐棍，一见到他就笑。他问老人笑什么，老人也说不知道，只说自己笑了三天了，就是停不下来。他告诉老人："你若不说出笑的理由，这病没法治。"老人听他这么说，嘿嘿地笑着沉思了片刻，才慢吞吞地说："我笑秕草长得比麦子多，笑锄头和镰刀上的铁锈比自己脸上的老年斑多，笑逃跑的人比返回的人多，笑毛病比健康多，笑死去的比活着的多。"他听老人说完，自己也想笑，一笑就哭出了声。他诊断不出这个老人生的什么病，他也诊断不出那个小孩子和中年妇女生的什么病。这是三个奇怪、特殊和复杂的患者。这三位患者离去后，他一直闷闷不乐。

在忧伤的时刻，他老是喜欢目不转睛地盯着那扇木窗看。他不是看那朵荷花，也不是看那条游鱼。他是一个医生，也是一个病人——他的病情比那三位患者还要严重。

虚　日

人们将这一日称为“虚日”。虚日是与平常不同的，从早晨起，天空就变了颜色，像是谁用亚麻编织了一块巨大的粗布将天兜住了似的。微寒的冷风也停止了吹拂，季节出现从未有过的宁静和沉寂。几只鸟从房顶上低低地飞过，翅膀差一点就擦着了烟囱的边沿。爬上土墙的几朵南瓜花和丝瓜花全都低垂着头，光阴也跟着它们暗淡了下来。更为反常的是，墙根下那把用布条缠住四条腿的竹椅子空了，它的主人再没有像往日那样手拿酒壶摇头晃脑地坐在椅子上，享受独属于他的逍遥时光。凡是从土墙前路过去地里干旱活的人，都在扭头朝那把空椅子看——他们思量着自己眼中那道熟悉的风景怎么突然就消隐了呢。没有了他，活着的每个人都是寂寞和无趣的。他丰富了许多人平淡无奇的生活，也丰富了一个枯燥乏味类似黑白日月里的乡村世界。

在他消隐之前，并未有人发现他举止的异常。他照旧是天刚亮，就提着一个酒壶坐在竹椅上喝酒了。那些从四面八方嗅着酒香飞来的鸟儿，有的站在墙垣上，有的站在竹枝上，有的站在瓦楞上，有的站在泥地上，围成圈在听他说酒话。他的酒话内容有涉及农事的，有涉及自然的，有涉及天道的，也有涉及命运和生死的。这些鸟雀全都是他的知音。在鸟儿们的眼里，他或许压根就不是一个人，而是一个掌握了宇宙秘密的神。说完酒话，他还会哼唱小曲。那小曲远古、朴实、清新，连墙头上的花朵都喜欢竖起耳朵来倾听。听着听着，那些花儿都笑了，笑声染绿了田野和溪流，也染蓝了炊烟和晨雾。

只有村里的农人，听不懂他到底哼唱的是什么曲子，他们缺少鸟儿和花朵那样的敏锐和智慧。但无疑他们又都爱听他唱曲，只要他哼唱的曲调响起，农人们就会停下脚步，或放下手里的柴刀和锄头，安静又出神地跟着他哼唱的旋律起飞，让自己变成一只翱翔的鸟，或变成一朵盛开的花。这让他们暂时脱离了劳动的艰辛和疲惫，获得片刻灵魂出窍的美妙瞬间。他被他的酒灌醉了，农人们又被他的小曲灌醉了。

可当大家都清醒过来时，农人们又都没有一个瞧得起这个酒鬼。因为他从来不出地干活，一年四季都坐在竹椅上醉生梦死。他的粮仓里没有一粒粮食，他的灶门口没有一根干柴，他的水缸里也没有一滴水，但他那个生满锈色的肮脏酒壶里却从来都不缺少酒。没有人知道他的酒是从哪里得来的，就像没有人知道他夜晚睡不睡觉，饿了吃不吃饭一样。他给人的印象，就是永远都抱着个酒壶。好似那个酒壶里装的并不是酒，而是装的春夏和秋冬，风霜和雨雪，太阳和流水，虫鱼和草木……

他从来都不需要太多。他没有父母，也没有妻子和儿女。酒就是他最好的安生立命的东西。曾有好心的农人劝他去把自己的几亩薄田耕一耕，把漏雨的房屋修补修补，可他对好心人的规劝一概不听。不但不听，还反而对前来好言相劝的人一通臭骂——骂他们看不透人生，不懂得如何过日子。而且，他还举例说，像村里的谁谁谁，跟土地打了一辈子交道，收获了大豆和高粱、稻谷和玉米，却最终把皮肉和白骨都还给了土地。倘若这样劳碌地折腾一生，到底有什么用。农人们见他如此不识抬举，也就再没人去管他的闲事了。但他们仍旧喜欢听他哼唱小曲——大人听，小孩也听；白天听，夜晚也听。睡着后，还要跑到他的睡梦里去听。

但是现在，这小曲终止了。他坐过的那把竹椅也空了。整个村子里的农人都开始紧张和失魂落魄起来。他们讨厌他，又热爱他。虽然大家心里都明白——若当真没了他，日子也便那么过。

从早晨起，一切都似乎跟往常不一样了。大家都在寻找他，鸟儿也在寻找他，花朵也在寻找他。直到黄昏时分，才终于传来了有关他的消息——他淹死在了村头的池塘里，死时手里还紧紧地拽着那个已被喝光了酒的酒壶。

他死后，农人们的日子名副其实地成为虚日了。

三　月

一个彷徨之夜过去后，三月就到来了。我跟随门前的流水和鸟鸣一起醒来。我看见草木在清风中摇晃，看见野鸭在池塘里洗濯翅膀，看见花朵在路边寂寞地开放，看见蔬菜在园子里头顶着阳光……我从我看见的这一切身旁走过，我是三月里的一个过客，三月是我人生路上的一个驿站。

我沿着三月的小路行走——我老想到什么地方去，在这个阳光静好、岁月明亮、泛着红酒味道的早晨。小路上起了斑斑的青苔，绿一块，青一块，这让我想到那些坐在墙根下晒太阳的老人们脸上的黑斑，它们都是日月镌刻在人间的胎痕。

绿色和谐

小路是冷清而幽寂的，人走在上面，自始至终都被一种深沉的静包裹着。我漫无目的地朝前走，左边的野地里开满了淡黄色的小花朵，右边的野地里开满了淡紫色的小花朵。风从正面吹来，两边的小花朵都在欢呼和舞蹈。它们跟我一样，寂寞得太久了，三月也寂寞得太久了。我想弯腰采摘一把小花，插在三月的发髻上，将之装扮得窈窕一些，让二月回过头来心生嫉妒，让四月停下脚来不愿匆忙赶路。可我刚要弯腰，就看见野地的那头跑过来一男一女两个小孩。他们跟小花朵似的充满活力，蹦蹦跳跳地互相嬉闹着。那个小男孩在摘小路左边的小黄花，那个小女孩在摘小路右边的小紫花。他们在比赛谁摘的小花多，如果谁赢了，仿佛三月就会奖励给谁一个缓慢的生长——让他（她）永远活在草长莺飞和柳绿花红的季节。我呆呆地看着这两个孩子欢快地与我擦肩而过，我不知道，当他们跑过去的那一瞬间，会不会从我的身上看到自己多年后的模样。

我转过身去看他们，想跟他们说几句话，但他们已经跑远了，像两道黄色和紫色的回忆，消失在三月空旷的野地上。我带着怏怏的心情继续朝前走，我不想再弯腰采花了，我要将这些小巧、可爱的小花朵留给下一个或两个乡下的小孩子。他们比我更需要这些花朵，每一朵小花都是一个小孩子的一个小小的梦想。没有梦想的孩子是可怜的，没有在三月的土地上采摘过野花的孩子是可怜的。

我没有挽留住那两个孩子，我也是可怜的。以至于我都走出很远了,还在不住地回头看他们。我希望他们能够重新跑回来，与我相遇，与他们的中年相遇。我相信，他们总有一天也会长到我这个年龄，长成三月里一个怀旧的过客。然而，他们终归还是跑远了，消失了，没有再返回来与我相遇。

前来与我相遇的，是一只蚂蚁和一只蜗牛，我在回头看那两个孩子的同时也看到了它们。它们一直跟在我的身后，像两个旧相识。我走一步，它们也爬行一段。或许它们早已爬行了若干年，才爬到了我的后面。正如我行走了若干年，才走到了三月里来。它们爬得不容易，我走得也不容易。我不知道我们去的是不是同一个地方，我只知道它们追不上我。它们之所以赶来与我相遇，不过是希望我能捎带它们一程。我明白它们的心思，我不也是在借助三月捎带我一程吗？我顺手摘下一片草叶，让它们爬到草叶上来休息，然后我拿着草叶继续行走。

可令我感到惊讶的是，我刚让蚂蚁和蜗牛在草叶上躺好，我的身后就跟来一个人。他战战兢兢地望着我，想说什么，又始终不开口。我没有理睬他。我继续朝前走。我走快一些，他也跟快一些；我走慢一些，他也跟慢一些。后来，我停下脚步，问他到底跟着我干什么。他嗫嚅了半天，才说想跟我一起去三月里踏青。他怕自己一个人迷了路，走到五月或六月里去了。他需要一个带路的人。我真诚地告诉他，我也不能保证让他顺利找到来时的路，因为我也是一个跟着三月在走的人。他说他相信我，就不再说话了。

我不认识这个人。我带着他，还有蚂蚁和蜗牛一起结伴朝前走。我们都不清楚要到哪里去，但走着走着，他就成了我的一个影子。我问他："你真就那么相信我吗？"他点点头，说了一句："如果你也迷路了，那我们就肩并肩地沉默着走到下一个三月。"

炊　烟

夕阳就要落山了，它将最后一抹血红色的光晖洒在地平线上，也洒在那个从后山的岩洞里背柴回家煮饭的老妇人身上。那些柴是她去年秋天从一棵椿树和一棵麻柳树上砍下来的，经过了一个寒冷的冬天，树枝尚未完全干透，它们的体内还流淌着大树的血液。若不是这个老妇人急忙要将它们背回家投入灶间焚化，它们始终还在盼望着等下一个春天来到后再重新发芽呢——每一根被砍断的树枝，都像一个被流放的人，到死心里都在想着怎样才能回到它出生时的冻土和家园。

老妇人垂着头，陷入深深的沉默。四周的一切鸟鸣虫叫都禁声了，晚风也打起了哈欠，睡意昏沉的样子——它总是要赶在天黑之前进入梦乡。干柴压在老妇人的脊背上，那高出她头颅的凌乱枝桠刺向夕阳，仿佛她的后背上长满了犄角。她走一段路，就要将背筐放在一块石头上歇歇气。她生病了，腰和腿都疼，肺和肝也疼，骨骼和神经也疼，她预感到自己来日不多。昨晚在睡梦中，她又梦见了牛头和马面，它们要强行带她去一个地方，一个遥远而陌生、没有病痛的地方。她很想就这样跟着它们走了，再也不再醒来。但正要上路时，她又突然想念起她那在远方打工的儿子。她挣扎、告饶、祈求，恳请牛头和马面再宽限她几天时间。她已经给儿子捎去了消息，让儿子无论如何赶回家来看她一眼。她的儿子也亲口答应了，说这几天就赶回来——这是一对血肉相连的母子之间的约定。

几分钟时间过去，老妇人又气喘地背着干柴朝家走。她要赶在夕阳落山之前回到灶房，将干柴变成屋顶上飘荡的炊烟。她相信，只要她的儿子看到缭绕的炊烟和嗅到炊烟的味道，就会跟着炊烟回到她的身边——他从小就是个爱望着炊烟遐想的孩子。

夕阳的血色越来越暗淡，她脸上的血色也越来越暗淡——

如果说夕阳是一个天上的落日，那老妇人就是一个地上的落日——它们共同在见证着天地之间的悲喜和苦乐。

大概又过了十几分钟的时间，老妇人回到了灶房。她没有再歇气，她立刻开始生火煮饭。自从儿子允诺她回家那天起，她就一日三餐都提前做好饭菜等待他的归来。她想最后给风雨兼程的儿子做一顿可口的饭菜——这饭菜的味道，只有她才能做出来。

不多一会儿，屋顶上的烟囱就冒出了白烟——那白烟既是干柴的魂，也是老妇人的魂。烟雾在屋顶上空盘绕，也在老妇人的心头盘绕。夕阳已经完全落山了，黑暗也逐渐吞噬了村子周边的树木、河流和道路。她一个人孤寂地坐在灶门前的凳子上，微弱地闪烁的灶火映衬着她那衰老的脸颊。她没有起身拉亮电灯——那电灯的钨丝已经断了有些日子了，她找遍了整个村子，也没有找到一个可以让灯泡重新亮起来的人——她也不再需要过多的光源，单是那灶间的柴火就足以照亮她的黑夜和晚景。

她深深地意识到，她的儿子至少在今晚是不会回来了。但她仍然在等待，她不时地朝灶间放一根干柴。她不能让灶火熄灭，她要给儿子点燃夜间的火把。灶上的大铁锅里，烧着一锅热水，那是她专门替儿子烧的泡脚水和洗澡水。她知道儿子大老远赶回来看她很辛苦，他需要一锅热水来解乏——这是她现在唯一还能够替儿子想到并做到的事情。

她的儿子上一次回家，是去年的七月还是九月，她有点记不大清了——最近她老是失忆，除了儿子，她几乎什么事都不再能想得起来。那次她也是实在想念儿子了，才谎称自己病重骗儿子回家。结果儿子回家来看见她好端端的，第二天就生气地走了。直到现在，她都还在为这事而自责，但这次她是真的病了。她的腰和腿都疼，肺和肝也疼，骨骼和神经也疼。她担心自己很难挺过今夜。在黄昏时分去岩洞背柴的时候，她就想着干脆将自己也放进灶间用干柴焚烧了，化作一缕炊烟，飘去看看她的儿子——假如儿子不愿意回来，她就只能去看他。

夜深了，夜凉了。这个病重的老妇人，倚在漆黑而冰冷的灶门上，神思恍惚地在继续等待他的儿子。他的儿子也许夜半时回来，也许黎明时回来，也许永远不再回来。

肖　像

天暗下来的时候，他正坐在院坝边沿的一块磨刀石上。磨刀石的旁边有一棵桂花树，由于还不到开花的季节，也就自然没有桂花馥郁的清香弥漫开来，只有阴沉的光线形成的暗影，和躲在暗影里的一个漫长的下午时光。他从小就是一个爱幻想的人，也从小就喜欢嗅桂花的香味。大概正是这个癖好，使他染上了喝桂花酒的习惯。每年的八月，他都要从这棵桂花树上摘下许多的桂花，放入几个大大的土陶罐里，再往每个罐子里倒入几十斤自酿的小高粱酒，密封起来，那是他人生最珍贵的藏品和良药。他原打算只有在自己遇到喜事和大事时，才拿那根长长的竹制勺子舀一盅酒来犒劳自己。可他现在都活到快入土的年纪了，也没有遇到一件能够让他开心的事。至于大事，他倒是真正遇到过不少，那都跟死亡有关，跟悲伤和眼泪有关，跟此岸和彼岸有关。这样一来，他每次喝酒，就不是什么好兆头了——他碰到的大事，都是别人的丧事。

那他到底是个什么人呢？不说想必大家也都知道了——他是一个乡村理发师。不过，“理发师”这个称谓太高雅了，人们还是习惯性称呼他为“剃头匠”。他剃婴儿的头，也剃老人的头。剃婴儿的头的时候，是他最得意和辉煌的时候，他觉得自己是在跟一个新生命“开光”，他从婴儿那充满朝气和灵气的头上获得了一种力量——宁静和智慧的力量。但遗憾的是，自他剃头以来，拢共只有三户人家主动将自己的婴儿抱去让他剃过头。

他是个孤人，没有父母，也没有老婆和孩子——大家都担心若让他给自家的婴儿剃头，等孩子长大后会成为跟他一样的人，因此他对那三户信任他的人家怀有永久的感激之情。这三户人家第一户是个单身汉，四十岁时才从别人那里领养了一个婴孩。第二户人家是一对多年不孕的夫妇，一次赶集从路边的草丛里捡回来一个有眼疾的男婴。第三户人家也是一个可怜的男人，他的妻子生下孩子还未满月就跑去了远方。他剃过这三户人家的婴儿头以后，生意就变得惨淡了，以至于他剃头时使用的围裙都落满了灰尘，剃刀也长满了灰绿色和浅红色的铁锈。

他以为自己的剃头手艺就要终结了。可没想到，几年之后，当他已经忘记自己还是个剃头匠的时候，他的生意又有了新的起色——村子里不少老人都请他去剃头，那都是些濒临死亡的老人——有摔成重伤后一年内就要死亡的，有患了绝症后一个月内就要死亡的，有喝农药后一天之内就要死亡的，有突发疾病后一小时之内就要死亡的……最初接到为老人剃头的邀请时，他犹豫，他胆怯，他焦虑——他不愿意用手中的刀去为死亡“开路”。他从小就被死亡的阴影笼罩着——他的父亲死于饥荒，他的母亲死于霍乱。要不是他的养父节衣缩食将他抚养成人，又传给他一门剃头的手艺，他恐怕也早已命归阴曹了。十年前，他的养父走的时候，也是他亲自为养父剃的头。他一直忘不了养父临终前痛苦的表情和睁大的眼睛。他不想从任何一个即将死去的老人脸上看到他养父的影子。

几番激烈的内心挣扎之后，他到底还是接了这活儿。这倒不是因为剃头本来就是他的手艺，而是他希望那些乡村老人都能走得平静一点，安详一点，放心一点。他是这个村子里最后一个剃头匠，愿意在还有力气拿得动剃头刀之时，为村子里最后一批老人剃去头上的毛发，以及心中的烦恼、纠结、怨嗔和遗恨，使他们没有苦痛地上路。

但他的确不是一个合格的剃头匠。他每给一个临终的老人剃完头回来，心中都被恐惧填满，仿佛让阴魂缠着了似的。为摆脱这种恐惧，他只能不停地喝酒来麻醉和拯救自己。他从天明喝到天黑，又从天黑喝到天明。他泡的那几罐子桂花酒，早就被他喝了个精光。

他坐在院坝边的磨刀石上，望着那棵青枝绿叶的桂花树黯然神伤。他明天又接到一个活儿——要替一个死了多次又活过来多次，又将要死去的老人剃头。这是个奇怪的老人，他想在去之前先喝一口桂花酒壮壮胆。可他的罐子里一滴酒也不剩了，树上也没有一粒桂花。

天暗了下来。那个奇怪的老人，其实就是他自己——他剃头生涯中的最后一个顾客。

秋　池

平静的池水像一个梦境。梦境里有一群鹿子，在沿着季节奔跑。它们扬起的蹄子，搅动了野风和随野风飞舞的落叶。那落叶，也是一个个的梦，藏着树木和生长的秘密。我在水池边蹲下来，我的影子映在水面上，我也成了梦境的一部分。

水池周围，杂木森森，它们从大地的脊背上长出。这一棵又一棵的树，同样是大地梦境的延伸。我不知道大地的梦境是什么，我只知道大地的梦境是朝向天空的。那些粗壮的树干和树枝，既是大地之梦的骨骼，也是大地之梦的墓碑——我在树林里独自走着的时候，我看到好几棵早已枯死的树木。它们被梦雕刻在了年轮中，成为被时间打败的英雄。我伫立在其中一棵枯树旁，默默地凝视良久。我看到了一棵树死后的魂。那魂有着云朵的色彩和太阳的光辉。它是如此地震撼我。我很想转身去掬一捧池子里的水，来替这棵枯树擦洗身子，我想把树身擦出月光的色泽，把树皮擦出鸟羽的光芒。

我想把一棵枯死的树救活。

救活一棵枯树，就是救活大地的一个梦。

顺着树林往前走，有几条分叉的小径。铺满了黄叶，厚厚一层。这些黄叶是野鹿跑步时脱掉的外衣。它们不需要穿着外衣撒野，就把衣服脱下来，送给路旁的小蚂蚁。我从其中的一条小径上走过，看见有几只蚂蚁正在试衣。交头接耳的样子，好似几个自然界的模特在相互欣赏和陶醉。我没有去打扰这群美的发现者和创造者。我只是水池的一个梦境——抑或梦境中的梦境。

小径的旁边，是一片开阔的草地。草很浅，浅得像失眠者的睡眠。我坐在草地上，像坐在回忆里。我看不见草的生长，但我相信每一根草都是大地的毛细血管。草地左侧，有一条山泉，泉水流淌的声音似在歌吟。我闭上眼，静静地听——我第一次听到了大地的心跳声——时而急促，时而舒缓，有春与夏的热烈，又有秋与冬的沉静。

我不能久坐，我怕坐久了就再也站不起来。我担心自己会坐成溪流的模样，或一棵树的模样。我不怕成为溪流，也不怕成为树。只是我既没有溪流的圣洁，也没有树木的伟岸。我还得回到我该去的地方。溪流有溪流的路，树有树的路，我有我的路。

我们都有各自的使命要去完成。

我从草地上立起身，我看见太阳也正从我的头顶升起来——它照亮了我和我的梦境，也照亮了水池里的水和水面上飘浮的彩叶，还照亮了远山的秋色和秋色里的永恒。我站在太阳底下，想把自己晒一晒，也把我的心情晒一晒。这时，我竟然看到水池里出现了无数个太阳的影子——它们在水里游泳——把光线变成水的纹路。

我没有见过被清水洗过的太阳，我不清楚太阳的芒刺在水里会不会变软。我再次在水池边蹲下来，我想把太阳捞上岸，想把太阳那被清水打湿的光芒收集起来，像水草一样挂在树杈上晾干。然后，划一根火柴将之点燃。我渴望把光芒重新还给光芒，把大地重新还给大地，把天空重新还给天空。

没想到，我的这个想法遭到了太阳的嘲笑。我的手刚触碰到水面，它们就融化在水里不见了。我最终看到的只有我自己的影子，像一幅剪影贴在水面上。我很沮丧，望着水池发呆。蓝天在远处蓝得透明，我的心情也蓝得透明。

忽然之间，我发觉自己太傻了，我总以为自己是一个理想主义者，是一个伟大的“救世主”。我想救活一棵枯树，救活一片草地，救活一条小溪，救活一束光芒。可到最后，我什么都救不了。

我唯一能够救活的，也许只有我的那些虚幻的梦想。

我只是水池边的一只野鹿。我只是水池的梦境中的边缘部分。

悬　崖

秋已转凉，我站在悬崖的边上，朝远方呼喊。我的喊声惊吓到了正在悬崖上散步的秋风，它愤怒地将我的喊声拖拽回来，朝崖壁上猛烈地撞击——它要把我的呼喊撞死在悬崖上，让我成为一个彻底的哑巴。这样的话，风就安静了，可以放心地在悬崖上散步或奔跑，筑巢或舞蹈了。风不会懂我，它只是悬崖上的过客和浪子，它缺少悲悯和宽容。我不惧怕风，无论它怎么阻止和凌辱我，我都要呼喊——我必须呼喊——我的呼喊不为别的，只为那些从悬崖上掉下去的动物和人。

在我的呼喊中，出现了一只狗，它已死去整整五年。它在死之前，曾四处流浪，没有家，也没有白天和黑夜。有一年除夕，它跑到村中一户穷人家里就不走了。那户穷人可怜它，就留它到家中一同守岁。开春后，它为报恩，就跟穷人家下了一窝幼崽。拢共四个，存活了两个。另两个，一个死于饥饿，一个死于疾病。穷人将死去的两只小狗埋在了一树桃花下，每天傍晚，那只狗都会去桃树下转圈或静卧，替它死去的孩子上坟。穷人理解狗的痛苦和不幸，他精心想把余下的两只幼狗养大。可这两个小家伙实在太乖了，以至于它们引起了村子里另外一户有钱有势的人家的青睐。这户人家的主人跟穷人商量，想把这两只小狗捉去，跟他正怀孕的儿媳妇炖汤喝。穷人的内心死活不愿意，但他不敢反抗，他怕今后在村里的日子不好过。穷人只能屈服。他跟这户人家提出的唯一请求，是不要当着狗崽母亲的面，将它的两个孩子夺走。这户人家答应了。他们在夺走狗崽的那天傍晚，狗崽的母亲正在桃树下徘徊。夕阳照在桃花上，像染了一层血。兴许是桃花经不住那只狗的焦躁和疼痛，纷纷往下落。桃花们知道，倘若这只狗从黄昏里离去，世界上将不会再有春天。那只狗没有在它孩子的坟前久留，它也不愿看见桃树上的花瓣落光，它希望那些花朵都是属于春天和大地的，而不是属于凭吊和凋零的。它带着这种美好的祝愿回到家里，穷人不敢看它的眼睛，躲躲闪闪地假装忙这忙那。他不知道该怎样向狗交代，更不知道该如何面对自己犯下的罪责。那只狗大概是读懂了穷人的心，它明白穷人很难过，故没有责怪他。它早就知道自己活着的两个孩子已经不在了——桃花落下来的时候，它就知道了。那天入夜之后，穷人没有睡着，那只狗也没有睡着。穷人在屋里流泪，那只狗在屋外流泪。后半夜，月亮出来了，圆圆的，像一个梦。那只狗跪在穷人屋子的窗棂下，磕了几个头，就起身跑了。月色照着它，也照着这个初春的夜。那只狗径直跑到悬崖边，头也没回，纵身跳了下去。

天亮之后，穷人一直都处在黑夜里。他没有去找那只狗。他知道狗去了哪里。昨夜，狗跑进月色中时，穷人也开门跑进了月色中。这一切，月亮都看在眼里，它是狗和穷人的见证者。穷人知道狗要干什么，他想去把狗追回来，跟它道歉和谢罪。可狗跑得太快了，他追不上狗，就像贫穷追不上富有，桃花追不上春风，爱追不上恨。那天夜里，穷人是亲眼目睹狗跳崖的。他坐在悬崖上，一如坐在祭坛上。

那只狗死后，穷人更穷了。每天干完活，他就代替死去的狗去桃树下看它那两个死去的孩子。有时坐到天黑，他都不愿回屋。那棵桃树上的花瓣都落光了，穷人的头发也落光了。春天过去，夏天过去，穷人已经不会干农活了——他好似疯了，整天坐在桃树下，像一个悟道之人坐在菩提树下。那个吃过狗崽的有钱有势人家的儿媳妇，挺着个大肚子从桃树旁路过，看见他蓬头垢面的样子，发出呵呵的笑声。穷人听到笑声，也跟着笑——他的笑声里藏着一把刀子。

第二年，当桃花又开满枝头的时候，穷人从树底下站了起来。他跟那只狗一样，也选择了在一个月夜走向悬崖。他从悬崖上飞下去的时候，手里举着一双婴儿穿的鞋子——村里人都知道，那双鞋子来自谁家孩子的小脚。

五年后的秋天，我从悬崖边走过。想起那只狗和那个穷人，忍不住大声呼喊。我的呼喊，既是在招魂，也是在为一只狗和一个穷人雕刻墓碑。

午　孩

他是一个孤独、沉默、可怜和忧郁的孩子。他可能八岁，也可能九岁，但肯定不会超过十岁。他没有自己的名字，这是最令他伤心的一件事情。当他懂事以后，他知道从天空中飞过的鸟儿有自己的名字，在春风中摇曳生长的花朵有自己的名字，匍匐在地上或嫩绿或枯黄的野草有自己的名字，蜿蜒流过村庄的清澈河流有自己的名字，房屋对面那座常年被雾岚氤氲着的山有自己的名字,就连邻居家养的狗和猫也都有自己的名字……他更是恨透了自己。他觉得自己是一个来历不明的人，是一个活在大地上的野孩子。

或许仅仅是让自己的心里好受一点，也让自己跟万物一样，有一个既响亮又卑微的名字，他给自己取名叫：午孩。

午孩曾多次问过他的父母，想从他们那里知道自己确切的出生年月和时辰。他的父亲说，他出生的那一年天大旱，太阳像一个金色的火球悬挂在天空，农作物颗粒无收，田地全都龟裂了，村里的石板小路上，到处都躺着焦黄的蚯蚓和臭虫的尸体。唯有山林中薄命的桃花开了一半，剩下的一半还是花骨朵。可他的母亲说，他出生的那一年天并没有大旱，而是发生了日食的天文现象。太阳也并非像一个金色的火球悬挂在天空，而是躲在暗黑里偷偷地落泪。山林中的桃花既没有开，也没有红。他父亲见到的也不是花骨朵，而是一个又一个凝结在桃枝上的青红色伤疤。

午孩不清楚父亲和母亲的说法，究竟谁是正确的。他也不清楚自己到底是辰时、巳时出生的，还是午时、未时出生的。但有一点，无论是他父亲的说法，还是他母亲的说法都是一致的——他一出生就热爱太阳、热爱光、热爱一切明亮和向阳的事物。

他所热爱的这一切，使他过早地变得成熟。他总能一眼看穿同龄的孩子无法看清的东西——他能从一棵树的叶片上看出土壤的厚薄，从一块云朵的移动上看出天上发生了什么事件，从一些小动物的步态上看出时光的快慢，从身边人的眼神里看出他们内心的想法。这种天赋让村子里的人都对他感到后怕。只要他出现在哪里，哪里就会静寂无声。大人和小孩都避开他走，尽量不跟他接触。即使偶尔在村头的晒坝或田塍上碰到了他，人们也会立即转身逃跑，像一只受到惊吓的兔子或羊羔。

午孩明白，村人们之所以怕他，躲避他，不是因为他那不同于常人的敏锐度和洞察力，而是因为他说出了真相——物的真相、人的真相、规律的真相、天道的真相。这使他常常带着哀伤的表情，游走在他的八岁和九岁之间，年月和时辰之间；也游走在现实和梦境之间，谎言和真相之间。

他没有一个朋友，也没有一个玩伴。村里其他小孩子都忌讳跟他玩耍，也惧怕跟他玩耍，视他为异类。即使有胆子大的孩子，想跟他接触和谈心，并试图从他那里获取成长的秘密和乐趣，也都被大人给钳制住了——他们担心自己的孩子跟午孩熟识后，不但会看清自己成长所付出的残酷代价，还会让大人们看清自己家族里的丑陋和耻辱。

没有朋友和玩伴的午孩，只能自己跟自己玩耍。他将自己封闭起来，不跟任何人说话。他怕自己一旦开口，就会惹来麻烦。已经有人警告过他的父母了，如果午孩继续在村子里说出那些本不该说出的真相，他们就要对午孩一家采取措施。正是午孩的父母迫于舆论的压力和集体力量的威胁，才故意不告诉他出生时的真相，也故意抹去了他的真实姓名。

渐渐地，午孩的父母也不喜欢他了——他们可能从来就没有喜欢过他。他们想跟午孩断绝亲缘关系——他们死活不肯承认自己居然生出这么一个怪异的孩子。他们不再给午孩饭吃。天热了，不给他水喝；天冷了，不给他衣物和棉被。他们想让午孩自生自灭。他们必须要给村庄一个平静，必须要给村人们一个说法。然而，午孩的命真大，他马上就要长到十岁了。他说："我已经是一个来历不明的人了，绝不能再成为一个下落不明的人。"

赌　徒

他大概是万念俱灰了。他对生活中的一切均不再抱有期望。早晨起床后，当他站在院坝边，望着通往镇上的小路旁那两棵挂满黄叶的桉树时，他的心情是那样惆怅。他已经五十几岁了，人生大半的光阴都被他输掉了。跟着他的光阴一同被输掉的，还有他的几亩土地，一个粮仓，一个梦想，以及妻子和儿子。

天开始由刚才的晦暗转为明亮，太阳不久就会升起。他似乎业已看见有一缕微光照在土墙开裂的伤口上了，也照在他那沧桑脸庞的皱纹上了。他伸出手在肮脏、发白的裤袋里摸来摸去，想掏出一支烟来点燃。可摸了半天，也没有摸到一点烟丝。

他突然想起来，早在一天前，他已在镇上的麻将馆里将身上最后的十块钱也给输掉了——那是他留着替自己买一包烟的钱。要是在以往，即使他输得再惨痛，也会为自己留下一包烟钱的。他可以整日不吃饭，整日不喝酒，但绝不可整日不抽烟。离了烟，他的人生是毫无趣味可言的，比一杯白开水还要寡淡。就像离了赌博，他的人生同样没有价值和意义可言，活着跟死去没有本质的区别。

他转身进入睡觉的屋子，翻箱倒柜地找寻起来——他想看看家里还有什么可以拿去变卖后换成赌资的东西。但他的家里实在太简陋了，除了有一张已被蛀虫掏空了四脚，且油漆剥落的木床；一个潮湿、发霉、盖面有几个破洞的老式柜子；一面挂在墙上落满灰尘和结满蛛网的椭圆形镜子；一张发黄、浸满汗渍、边沿残破的席子和一床油光发亮、棉花裸露出边角的被子，就再也没有任何能够拿出来点数的物件了。他找了一会后，一边叹气一边慢慢地踱步到堂屋里，望着供奉在香案上的三块祖宗牌位发呆。那三块牌位，分别是他的曾祖父、祖父和父亲的。在这三块牌位之中，其它两块都很普通，只有他的曾祖父那块，上面镶满了金箔。入夜，那金箔发出的光芒，比照进屋内的月光还要亮堂。每晚从镇上赌博归来，他都要站立在曾祖父的牌位前，让金光镀亮他、包裹他、辉煌他——他也无数次跪在几块牌位前发誓，要做个顶天立地、堂堂正正和光宗耀祖的孝子贤孙。可每次都是天一亮，他就将自己的誓言忘得一干二净，揉着惺忪的眼，晃晃悠悠地朝镇上的麻将馆走去。

他也的确有过一段金光闪耀的日子。那时，他的妻子和儿子都还跟在他的身边。他的妻子是全村所有男人的妻子里头最漂亮的一个，他的儿子也是全村所有人家的儿子里头最聪明的一个。为让妻子和儿子过上好日子，他每日天不亮就起床干活，直到落日下山后才拖着疲倦的身子回家。他是村里第一个将良田改成果园的人，也是村里第一个将池塘承包下来养鱼的人，他们家的生活也是全村最优渥的。无论他们一家三口走到哪里，头上都顶着一道光环——那光环闪花了不知多少男女老少的眼睛。尽管如此，他的妻子还是嫌他穷，夫妻俩经常吵架。吵着吵着，那缀满枝头的果实就滚落到了地上，池塘里活蹦乱跳的鱼也从水底漂浮到了水面，家里的房屋也开始漏雨。再吵着吵着，他们就从村里最富裕的人变成了最贫穷的人。眼看日子一天不如一天，他的妻子在一个下着浓雾的早晨，牵着孩子去了远比村庄华丽和复杂的大千世界走桃花运去了。他不顾一切地满世界去寻找妻子和儿子，他找了三年又三个月，才胡子拉碴地返回到村庄。

回来之后，他发现自己一无所有了——地荒废了，房屋坍塌了，父亲也死去了。他开始颓废起来，成了镇上一个著名的赌徒。他本来的想法，是通过赌博赢一笔钱，重新将失去的果园搞起来，将失去的鱼塘也搞起来，再将失去的妻子和儿子找回来——这是他后半生最大的梦想。可他的手气太差了，每回赌博都是输，最终连自己的灵魂都输掉了。

红亮而镀金的太阳已经升起来，他的耳朵忽然听到一阵麻将声。他肃穆、恭敬、虔诚地跪在香案前，磕了三个大而长的响头，起身小心翼翼地抱起他曾祖父的金箔牌位，晃晃悠悠地朝镇上的麻将馆走去。

他的确是万念俱灰的了。

葬仪

深秋而吉祥的一天上午，一个早已活得不耐烦的老人，烧了一盆热水，将自己那皮肉松弛、器官衰竭的身体洗干净后，换上一套珍藏了几十年的新衣裤，平静地躺在堂屋里的一块木板上，离开了这个令他悲欣交集的人世。他没有通知任何人，包括他的两个子女——他想反正大家很快就会知道自己的死讯。他之所以如此清醒，如此别有用心地谢世，是想看看他死后，那些认识他的人——亲人、友人、仇人会有什么样的反应——是伤心还是兴奋，是落泪还是狂笑，是惋惜还是诅咒……为亲眼看到自己死后众人们前来悼念他的场景，他特意请求阎王批准，以永不再转世投胎做人为条件，换取让他的灵魂变成一只鸟，停留在房屋前那棵古老而繁茂的皂荚树上，从头至尾观看葬礼全过程的待遇。

现在，灵魂鸟已飞上了树梢，老人的葬礼也该开场了。

他以为，最先发现尸体的应该是他的儿子，或邻居老赵。他的儿子虽跟他分家过日子已有十年，但彼此住得很近——儿子修建的新房就在他那老房子的后面——因为新房需要这座老房来遮挡住北风和烈日。老赵是他生前最好的伙伴，只要天不下雨，他都会拄着拐棍来陪他晒太阳和说话——他们说天，也说地；说前世，也说今生。但令人失望的是，这两个人都不是最先发现他尸体的人。最先发现他尸体的，是他养了多年的那条大白狗——自他躺到木板上的那一刻，狗就开始挨家挨户地跑去报信了。但令狗也失望的是，它大汗淋漓地跑遍了整个村子，敲遍了每一户人家的大门，也没见着几个人。它平时除了跟老人和村里的几条流浪狗打交道外，几乎不跟任何陌生人接触，以至于它都不知道村子里的人逃到哪里去了。沮丧之下，大白狗还是厚着脸皮请来了老人的儿子。儿子看到父亲的尸体后，没有悲伤，没有落泪，只是掏出手机轻描淡写地四处打电话——

侣

他对活人和死人都同样冷漠。

快到中午时，来了几名道士。他们互相谈笑地穿上法衣，戴上法帽，再点上香烛，摆上供果，葬礼正式拉开序幕。一阵悠长而低沉的海螺声响起，接着铜锣也响了，皮鼓也响了，铙钹也响了。灵魂鸟感到几分庄严和神圣，它站在树枝上，眼泪顺着枝干朝下流淌。

午时过去，秋天的阴冷烘托着死亡的庆典，在道士敲出的断断续续的木鱼声，以及念诵的懒洋洋的佛经声中，来了第一拨吊唁的人——村里的几个老妇人和小孩子。老妇人是见惯了死亡的，她们懂得为亡人做些什么——刚落座就动手折纸鞋子、纸衣裤、纸封包、纸金银锭。唯有孩子们还不懂得死亡是什么，在院坝里追逐打闹，过着人生最初的无忧无虑的生活。

又过了一个半小时，第二拨吊唁的人来了——几个老头子——有的叼着烟、有的瘸着腿、有的喘着粗气。这几个人中，有他的朋友，也有他的仇人。他们一来，就并排坐在院子里的长条板凳上，说起了一些跟他无关的事情，跟死亡无关的事情。灵魂鸟在树上左看右看，希望能看到老赵的身影，可老赵迟迟不来现身。他猜测那个仇人会诅咒他，可人家反而进到堂屋去为他上了一炷香。他感到深深的自责和内疚，抖掉鸟翅上的一根羽毛以表歉意。

第三拨前来吊唁的，是几个中年男子——他们是村子里最身强力壮的人。看到他们的身影，灵魂鸟感到几分欣喜——它再也不用担心找不到人来抬他的尸体去下葬了。那几个男子都把丧礼当作了节日，跷腿撸袖地坐在木桌的四方，咋咋呼呼打起了长牌。

最后一个赶来吊唁的，是老人的女儿。她自年轻时外出打工，嫁给了工厂里的一个男孩子后，就从没回来看过自己的父亲。这个孝顺的女儿，还没走到院门口就失声痛哭，哭声压过了铜锣和皮鼓的响声——她是唯一一个在葬礼上掉泪的人。灵魂鸟看在眼里，不知道是喜是悲。他最渴望看到的，还是老赵。作为他人生道路上的知己，他觉得老赵肯定会来送他这最后一程的。不想直到夜幕降临，他的灵堂前又新添了几根烛火的时候，老赵还是没有来。他突然醒悟到，也许老赵不来送他，就是对他最好的相送。

想明白这个道理，灵魂鸟披着夜色，倏地从皂荚树上飞走了，只留下一个亡灵不在场的寂寞而冷清的长夜。

婚　变

秋天的黄昏来了，她的黄昏也来了。秋天的黄昏搂着一弯孤月，她搂着孤月照耀下的一大一小两个孩子——大的六岁，小的四岁。孩子们都不知道发生了什么事，抬起头呆呆地望着她那哭泣的脸庞。冰凉的眼泪滴落到两个孩子惊恐的小脸上，好似秋雨滴落在桂花和菊花上。她们的母亲下午还好好的——高兴地带着她俩去村头的池塘看人挖莲藕，又领她们去果园里摘梨子和柚子。可转眼间，这温情、喜悦和幸福的场面就烟消云散了。

她坐在院坝里，感觉到寒气开始聚集拢来。她担心孩子们受凉，想起身牵她们进屋，可她又实在不愿意回到那间令人窒息且空荡荡的黑屋子里去。自从这座两层楼的新房建成后，她每夜都是很晚才能勉强入睡。她怕黑，怕孤单，怕沉静的山乡之夜和夜里的破碎之梦——尽管两个孩子就睡在她的左侧和右侧。每到这个时刻，她就特别想念她的丈夫，她渴望丈夫能够抱一抱她，跟她说几句安神的话。可这一切都是妄想，她今后恐怕也不会再有这样的机会了。就在今日下午，她带着孩子们在果园里尝鲜的时候，她接到丈夫从城里打来的电话——他要跟她离婚——而且后天就要回来办理离婚手续。这个消息对她来说，犹如晴天霹雳。她不知道自己做错了什么，她哭着问天，跪着问地，爬着问丈夫的良心。

近年来，她倒是听到不少有关男人去外地打工后回来离婚的事情，也亲眼见识过村里的王五和张六抛弃老婆的事，她恨透了这些忘恩负义的男人，也恨透了乡村之外的花花世界。但他做梦也没想到，这样的悲剧居然会降临到自己的头上。她向来是相信丈夫的——她的丈夫也的确是一个憨厚、本分和守诚的人。在没有外出务工之前，他的丈夫在村里有口皆碑，为人和善，有正义感。那时，他们最小的孩子还未出生，一家三口住在破败的泥瓦房里，有说有笑，连喝口冷水都是甜的。入夜，待孩子熟睡后，月光从窗户外照进来，他们就相拥着躺在床上，遥想未来的美好日子，心里有种说不出的滋味。她印象最深的，是丈夫总喜欢用右手抚摸她的头，他的指尖几乎滑过了她的每一根乌黑发丝。而她则喜欢将左手放在丈夫的肚子上，轻柔地顺时针画圆圈。他们发誓，要一辈子甘苦与共、白头到老。

谁曾料到，当他们的第二个孩子出生以后，家里的生活逐渐变得捉襟见肘。她的丈夫被太阳晒成了铜人，脸上经常挂着倦容。渐渐地，他不再抚摸她的头，她也不再抚摸他的肚子——他们成了躺在同一张床上的两个陌生人。眼看孩子们一天天长大，她和丈夫的焦虑也在一天天加深。后来，经过商议，她便跟两个孩子留在家中，丈夫则跟着一个包工头去了外地。她的丈夫到底是个能干人,短短三年时间,就挣钱回家修了一座新房。新房建成当天，他们坐在屋内喜极而泣。她以为他们家的日子从此将走向光明和辉煌了。可也就是从那天晚上起，她的丈夫再也没有碰过她。她不解，她困惑，她痛苦，她主动要求丈夫用手抚摸她的头，但她的丈夫却假装睡得跟猪一样沉。

她想，也许是丈夫在外面拼命地挣钱，心理和精神的压力过大才导致对她的冷漠。等过一段时间，大概也就能恢复到以前的恩爱状态了。她决定不再给丈夫愁上添愁，只管照顾好两个孩子就是，给他一个充分自由和宽松的工作环境。她有耐心，也有信心等待丈夫重新回到她的枕边。然而，她是真正地想错了。她那憨厚、本分和守诚的丈夫早就背着她，跟一个城里姑娘好上了——那个姑娘比她年轻，也比她漂亮，据说堪比嫦娥。

黑暗已经包围了院坝，也包围了沮丧的她和两个昏昏欲睡的孩子。她不知道自己该怎么办——她的丈夫后天就要回来了。她得想一个对付他的计策，可她越想脑子越乱，越想心里越慌。她想找人来将新房推倒，让他们返回到之前住泥瓦房的日子，那样她或许就能留住丈夫了，但这似乎是不可能的。于是，她又想到将两个孩子拿来做人质，要挟丈夫，迫使他回心转意，但她丈夫的心现在比钢铁还硬。她实在没有任何措施了。她望着天上的孤月，暗暗地想——等丈夫回来，她就飞去月亮上离群索居。要是哪天死了，她就变成一个比那位城市姑娘还要漂亮的新嫦娥。

月　光

他曾说过，月光既是他的“护身符”，也是他的“魔法师”。它既能给他带来平安，也能给他带来财富。他爱月光胜过爱世间的一切。他至今犹记得自己第一次战战兢兢、畏畏缩缩地走在月光下的样子——那时他只有十二岁，他饿极了，他需要像夜间跑出来觅食的动物般找到点果腹的食物。可他没有动物那样的本领——他没有尖锐的爪子，背部也没有细硬的刺，头上也没有犀利的角。他既不会飞奔，也不会钻洞，更不会像青蛙那样伸出长长的舌头，或像毒蛇那样喷射出毒液以捕获猎物。银色的月光照耀着他，他已经连续三天没有吃饭了，他感觉自己的前胸和后背粘在了一起，若再不赶紧撕开，他就会变成一张皮。但他没有力气撕开他自己，只要稍微一用力，他就能听到自己的皮肉和骨头碎裂的声音。他挪动着脚步，想竭力保全自己。这时，他隐隐约约看到前方有一片菜地，菜地里的瓜架上挂着几根大小不等的灰白色黄瓜。他的眼睛发出两道幽光，仿佛一个走投无路的人突然见到几颗宝石。他吃力而摇晃地支撑着走到菜园里，狼吞虎咽地将那几根黄瓜送进了自己的胃。那天晚上，他躺在瓜架下饱饱地睡了一觉，月光听到了他的鼾声和梦呓——月光没有叫醒他，月光保护了他的尊严——月光希望他救活自己后，能够像月光照耀他一样照耀这个人世间的暗夜。

可他到底还是辜负了月光。当他打着饱嗝醒来，发现已是次日黎明了，而他也在一夜之间长大了——从昨夜的十二岁长到了十六岁。他一直搞不清楚自己是被黄瓜喂大的，还是被月光喂大的，抑或被饥饿和贫穷喂大的。这个问题困扰着他。他试图去寻找昨晚成为梦床的菜地，想问个究竟，却无论如何都找不着那片菜地了。他失望至极。菜地没有了，饥饿还依然藏在他的体内——折磨着他、吞噬着他、伤害着他、消耗着他……

也是从那时起，他热爱上了吃黄瓜，热爱上了月光，还热爱上了盗窃——他成了一个行走在暗夜里的人，成了一个远近闻名的乡村小偷。白天，他是向来不出门的，只躺在后山的岩洞里呼呼大睡——那个岩洞既是他的家，也是他的天堂，更是他的造梦空间。他只在夜间出来行窃，而且必须是要有月光的夜晚——他需要月光来给他点灯笼和打火把——他也需要月光来陪他一同作案。凡是被他盗窃过的人家都知道，月光是被他绑架了，而他是被命运绑架了。

他最初的想法，是去别人的菜园子里偷几根黄瓜、几把豇豆、几个土豆来活命。可偷着偷着，胆子就大了起来，居然跑去偷人家田地里的麦子、高粱、油菜和稻谷。他本以为那些丢了农作物的人家会骂他，但却没有一个人作声。好似那些被盗的粮食，根本不是他偷走的，而是老鼠偷走的。渐渐地，他的野心更大了。他从室外行窃改成入室行窃，他将村子里的人家全都挨户偷了个遍——他偷锅碗瓢盆、偷桌椅板凳、偷牛羊鸡兔、偷鞋袜衣裤……

这么行窃过一段时间之后，他仍未发现有人骂他、捉他、举报他。非但没有，那些碰到他的人，反而个个都对他流露出善意的表情。他纳闷了——这个问题比前次到底是什么喂养他的问题还要让他感到困惑。在这个世界上，恐怕再也没有哪个贼会比他做得更加心安理得了——他继续在有月光的夜晚钻入各家各户的室内去行窃。

有一次，他刚入室不久，竟发现一个不知是因为疲倦而失眠，还是因为病痛而失眠的农人手里拿把菜刀，正瞪大眼睛看着他。他被吓得浑身哆嗦，觉得自己的小命快完了。可那个农人并没有朝他怒吼和尖叫，而是果断地将菜刀切向了自己的脖颈。他在房间里恐慌地呆立着。想逃跑，却发现窗外的月光早不见了踪影。他只好靠墙站着，让黑暗掩藏起自己和地上的鲜血。他突然意识到，自己做贼以来，真正盗走的，仅仅是农人们的粮食和生活必需品，而永远盗不走的，是他们的苦痛和灾难。他开始谴责自己不是一个称职的小偷，他盗走了本不该盗走的东西，而没有盗走本应该盗走的东西。

他惊慌失措地从那个死去的农人的房间里走出来，他特别渴望看到爱它胜过爱世间一切的月光。然而，那银色的能够带给他平安和财富的月光已领着那个农人悄悄地走了——去了一个让他这个有罪且终身忏悔的小偷再也找不到的地方。

炉 火

所有人都在望着那个木柴已燃尽但还冒着余烟的火炉回忆——他到底是一个什么样的人呢？又到底该怎样去评判他的功过和是非呢？他这辈子为村人们做的那些事，说过的那些貌似真理的话，都尚需用很长的时间来证明其对错。顷刻间，大家七嘴八舌的议论声烟雾般缭绕在他熟睡的头顶——仿佛这些议论声全在为他送别和超度似的。

现在就让我们一起来回顾一下这位老人生前的所作所为吧——他年轻的时候，曾在部队里服兵役。在一次与敌军的交锋中，他被子弹射中，废了一条腿，还残了一只眼睛。他也因此为自己的人生立下了光辉且永不退色的二等功勋。退役后，他一直将那枚银质的精美奖章挂在堂屋墙壁上的木质相框里。早晨、中午和晚上，只要从堂屋路过的时候，他都要习惯性地抬起头，朝那个相框行注目礼。那肃穆的神情，跟站在国徽下的士兵的神情一般无二。尤其是冬天，他总爱坐在相框下靠墙的位置偎着个火炉取暖。烤一会儿火，他就要下意识地扭头望望那个相框——好似需要炉火的并不是他，而是相框里的那枚奖章和镌刻在奖章上的荣誉。

村人们都知道，他是个优秀的士兵，是个经历过枪林弹雨而九死一生的人，是个从死人堆里爬出来给活人报信的人。他是这个村子里的英雄，也是这个国家的英雄。他为人类的和平作出过牺牲，付出过代价，故他特别受人的尊敬和爱戴。村里的男女老少只要见到他，都要主动问好。他也乐于接受人们的礼遇和赞颂——因为他认为大家对他的感情都是真诚、质朴、发自肺腑的——没有半分的虚假和不洁，也没有半分的讽刺和嘲笑。

但就是这个受人爱戴和尊敬的人，却得罪了村子里所有的人。在他退役回乡后直到死去的这几十年里，他可以说是将村中每一户人的家事干涉了个遍——人人都说，他还在把自己幻想成一个“战士”，还在幻想以当年冲锋陷阵的勇气和正义维护着乡土社会的伦理道德。就连村里德高望重的人都在质疑——他莫不是还想让全村的人再给他颁发一枚金质奖章吧？然而，在面对这些如潮水般涌来的非议、责难和怨怼时，他的心依旧是平和、淡定的。他照旧不管不顾，照旧我行我素，照旧像个检察官和法官一样游走于各家各户之间。

他是铁了心要将全村人的事负责到底——要是哪家人的儿子交了女朋友，若没有正式结婚就将姑娘带来家里居住，他是一定要去阻挠的。他会搬出一大套祖宗的礼法来劝诫年轻人，其结果是让人给骂得狗血淋头。要是谁家的兄弟阋墙或妯娌失和，他是一定要去主持公道的。他会给他们讲手足相残、煮豆燃萁的大道理，其结果是让人给轰出了门庭。要是有人欺压弱小或不赡养老人，他是一定要去诅咒的。他会给那人谈因果报应，谈上天堂和下地狱的区别，其结果是让人给暴揍一顿……这些他都觉得是他义不容辞的责任。若是他不出面调解纠纷，就没有人出来伸张正义——每个人都只管自己，都只为自己的利益活着。要是那样，他认定的乡村就完了，一切的一切都会烟消云散，未来的日子就将是一片废墟、一个黑洞、一堆荒丘、一潭死水、一道深渊、一块滩涂、一抹灰烬……

慢慢地，由于他管的闲事实在太多了，那些曾经尊敬和爱戴他的人都开始讨厌他、反对他、远离他——还想合力将他赶出这个村庄，赶出这片故土，赶出这个“自由王国”，让他彻底成为一个异乡人,成为一个流亡者。他知道全村人都在围剿他，但他不怕，他是一个驰骋沙场的战士，只要有一口气，他都要孤军奋战，誓死与乡村文明的破坏者血战到底。人们越是要驱赶他，他越是要管理那些驱赶他的人——不但管人，他还要管森林不被破坏，河流不被干涸，生物不被灭绝，空气不被污染，粮食不被减产，睡眠不被噩梦纠缠……

但是很不幸，这个满腔热血、满头银发、满怀理想的老人，在一次跑去干涉别人私事的间隙，有人钻入他的堂屋，将他珍藏于相框里的那枚奖章盗走了。他回家后看到空空的相框，摊到在火炉旁气绝身亡。从村里匆匆赶来看热闹的人们望着火炉议论纷纷——他到底是个什么样的人呢？良久，大家得出一致结论——他是一个被自己的善心害死了的老好人。

图书在版编目(CIP)数据

小魂灵 / 吴佳骏著 . —太原 : 北岳文艺出版社，2021.6

ISBN 978-7-5378-6242-4

Ⅰ . ①小… Ⅱ . ①吴… Ⅲ . ①散文集—中国—当代 Ⅳ . ① I267

中国版本图书馆 CIP 数据核字（2020）第 131323 号

小魂灵

吴佳骏 / 著

//

出品人
郭文礼

选题策划
刘卫红
李向丽

责任编辑
李向丽

装帧设计
张永文

印装监制
郭勇

出版发行：山西出版传媒集团・北岳文艺出版社

地址：山西省太原市并州南路 57 号　邮编：030012

电话：0351-5628696（发行部）　0351-5628688（总编室）

传真：0351-5628680

经销商 ：新华书店

印刷装订：山西人民印刷有限责任公司

开本：787mm×1092mm　1/32

字数：150 千字（10 幅图）

印张：9.25

版次：2021 年 6 月第 1 版

印次：2021 年 6 月山西第 1 次印刷

书号：ISBN 978-7-5378-6242-4

定价：59.80 元